目錄 CONTENTS

Love Story

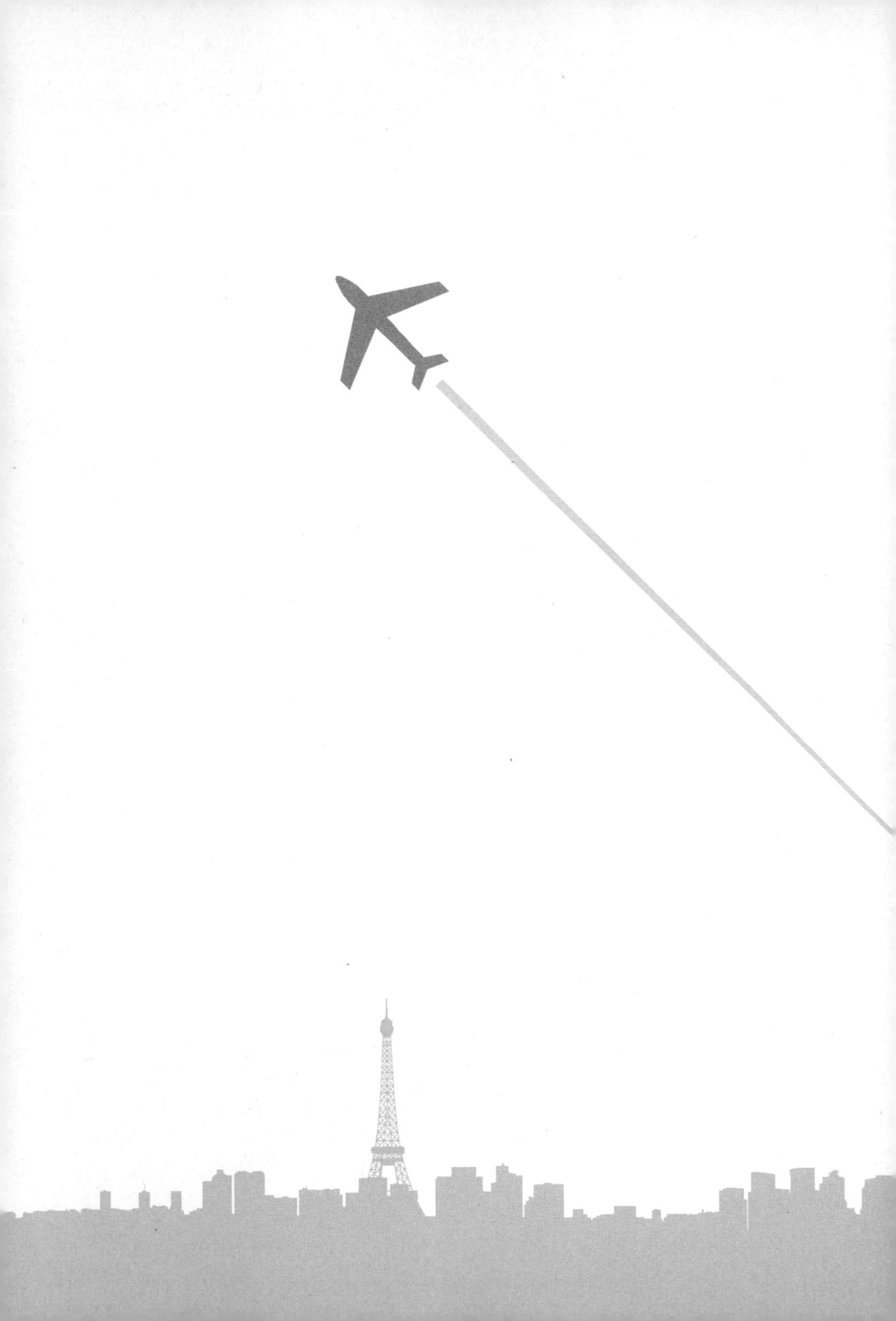

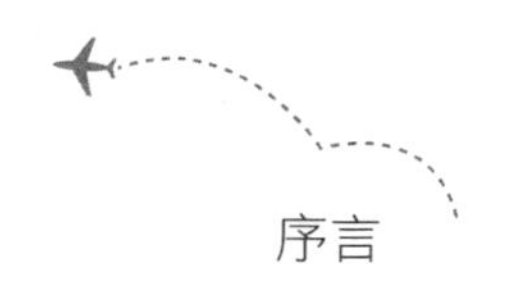

序言

空服員的工作雖然單調辛苦，但是環遊世界的生活卻內涵豐富。比起很多人的工作和生活，空服員飛來飛去，連和家人相處的時間都很少，逢年過節都不在家。

所以說空姐們遠距離戀愛，不是朝夕相處，而是聚少離多的感情，就特別珍惜彼此相處的時光，多半一開始條件符合、感覺對了，就一見鍾情，迅速發展，以結婚為方向。

本書敘述了空姐們的感情，酸甜苦辣又多采多姿。想了解空姐們真摯又真誠的感情世界嗎？「空姐的愛情故事」值得一讀！

雹雹

第一章　地面受訓

今天是 E 航的空服員第 228 期開訓日子，趙心之穿了套裝，匆匆趕赴訓練中心，蹬著一吋半的高跟鞋，很不習慣，但還是快步向前走。

看了看航空公司大樓的指示牌，一路經過整潔美觀的大廳，幾個斯文友善、臉帶微笑的職員，讓人覺得這家企業好有品味。

一進教室竟發現才來了十多位同學，還有一小半座位是空著的呢，趙心之看著名牌找到自己的座位便坐了下去。轉頭看看身旁的同學，一下子驚為天人，哪兒來的美女，足足可以當電影明星了。

細看那精緻的五官：弧型濃淡適中的眉毛，晶亮瑩淨的圓圓眼睛，修長又挺直的鼻子，小巧但豐潤的嘴唇。輪廓分明的瓜子臉，細嫩的皮膚，看不出來倒底化妝了沒？

李美恩倒是先開口了：「嗨，我是李美恩，請多指教。」

趙心之連忙點了點頭：「我是趙心之，妳長得真好看。」

李美恩有些不好意思，露出潔白齊整的牙齒笑著說：「謝謝。」

趙心之問道：「妳是什麼學校畢業的？」

「S 大國貿系。」

趙心之又問：「那麼高中呢？」

「T 女中。」

「我也是，難怪覺得有些眼熟？」趙心之想了想：「妳是不是儀隊隊長？」

李美恩說：「對呀！」

趙心之笑了笑：「這個世界真小。」

空服員一期是二十四位學員，不一會兒，同學陸陸續續都到齊了，總公司長官及空服教官也來了。

首先是總公司長官正式官腔官調的致辭：

E 航自創始以來，即致力以最好的飛航品質，滿足每一位乘坐的旅客；股票正式掛牌上市，營運績效邁向新的重要里程；目前由董事長及總經理率領整個 E 航團隊，繼續開創 E 航的燦爛前景！

E 航是股票上市的民營國際航空公司。多年來，相繼設立許多關係企業及轉投資事業，延伸經營的廣度與深度。E 航被評比為全球十大最安全航空公司之一，而且在台灣全區消費者心目中理想品牌調查排行榜公告，E 航空榮獲【國際航線理想品牌第一名】，歡迎大家加入 E 航的工作行列！

在送走總公司長官後，E 航空服處空服教官開始講課。

這位空服教官是一名瀟灑男士，身上似乎飄著一股淡淡的古龍水味道，頭髮梳的油亮整齊，西裝筆挺，有著中年男人的魅力。

他自我介紹是資深的空服座艙長，又東拉西扯了半天，連曾經在餐廳駐唱的歷史都說了，同學們還以為這位空服教官會唱首英文情歌來聽聽。

他這才言歸正傳：「不要說妳們是一般人口中的空中小姐或空中少爺，謹記妳們的工作是空中服務員。空服員就是是為機上旅客提供安全與服務的人員。」

本期二十四位學員似乎這才對空服員有了正確的概念。

學員自我介紹，多是外文系畢業，也有護理師。奇怪的是並非二十四位學員都是美女？但基本上都是態度落落大方，言辭侃侃而談，而且看起來都姿勢優雅，笑容親切。

也許過去招聘空姐以美女為重點。但現在，各家航空公司的審美觀都

改了：是“親和力”, 不只是美，除了外表清秀，看著舒服，耐心溫和更重要。氣質要優雅之外，身體健康更不可或缺。

學員們活潑外向者居多，大家下課後打成一片，十分熱鬧，一點沒有美女互相爭奇鬥豔的心態，反而像極了高中女生的同班同學，也像是大學女生的知心朋友一般。

女孩們七嘴八舌的聊天：

「空服員考試時，我都穿魔術胸罩，不然哪能看。」

「考試的時候，我都穿塑身內衣，才夠前凸後翹。」

「我戴牙套戴了一年，笑起來才好看。」

「我還縫了雙眼皮呢，這樣才有精神。」

「我還找化妝師幫我化粧，不然都不會。」

「我參加空姐補習班，考了三次才考上。」

「我覺得主要還是要英文好才行。」

「我一考上空姐，我男朋友就要求先訂婚。」

嘻鬧聲此起彼落，直到空服教官來上課。

隔日李美恩和趙心之都聚精會神的看著發下的課表、講義和手冊。

地面學科二個月的訓練課程中，包括：公司簡介、飛機簡介、英文會話、日文會話、中英台語廣播、空廚設備操作使用、服務流程模擬練習、服裝儀態、髮型化妝、免稅品販售和海關申報等課程，另外特別注重飛機上緊急逃生訓練課程。

每個課程都有不同的空服教官，但大抵都是資深的空服座艙長轉任或兼任，空服教官對空服員任務派遣、服務精神與宗旨是信誓旦旦的敬業精神，學員們也不知是否能心領神會，但是就是幾乎都沒有人請假缺課。

上了一星期的課，趙心之問李美恩：「課程這麼繁重，每天有複習嗎？」

李美恩說：「儘量啦，我還得約會呢。」

原來李美恩的男友是 S 大政治系畢業，目前是 U 報記者。

趙心之說：「我也是唸政治的，也好想當記者。」

問清楚李美恩男友姓名後，趙心之繼續追問著：「我有在 U 報上見過妳男朋友的名字和新聞稿。」

「他還想報考電視台當編輯，以後當名嘴，他說人往高處爬嘛！」李美恩笑了笑說。

趙心之說了：「什麼時候介紹給我認識，我想問他怎麼報考 U 報記者。」

「拜託，妳才剛進 E 航受訓呢！」李美恩不解。

趙心之聳了聳肩膀，想了想說：「也不一定就在這兒安身立命。」

「好吧，哪天介紹你們認識。」

「他是怎麼追到妳的？應該很多人追妳吧？」

「他是很有才氣、見多識廣、精明幹練，可是也很主觀，我想我們還在磨合期吧？」李美恩笑笑說。

「那妳都沒有看上別人嗎？」趙心之傻裡傻氣亂問一通。

「也是有一個學長，非常優秀，又很斯文，我很喜歡他。可是他太客氣，我們還沒開始，他就被別人追走了。」

「真的？還有女生會先下手為強噢？」趙心之睜大了眼睛。

「是一個有線電視新聞女主播。」

「是誰呀？」趙心之拼命追問。

李美恩無奈的說出她的姓名。

「欸，她沒有比妳漂亮耶，而且看起來很世故。」

「但是人家很懂得自己要什麼，無論是工作或是家庭，他們快結婚了。」李美恩似乎懂些什麼人生，低調的感慨著。

「那男生真是的。」趙心之傻頭傻腦，也說不出個所以然。

服務流程模擬練習課程中有調酒課，大家手忙腳亂之餘，空服教官只好說：「紅酒配紅肉牛排，白酒配白肉雞魚。」

另外一定要會調的餐前雞尾酒有：

SCREW DRIVER：冰塊＋琴酒＋柳橙汁

BLOODY MARY：冰塊＋伏特加酒＋番茄汁＋檸檬片

飛機上緊急逃生訓練課程包括飛機上逃生門及緊急裝備介紹操作，救生衣示範練習、急救訓練、游泳訓練等，E 航有與實際飛機大小一致模擬訓練機艙，供空服員實施海陸逃生、火災逃生等演練。

學員們最怕的就是飛機上緊急逃生訓練課程，逃生門及緊急裝備介紹操作，每種機型都略有不同，救生船上的設備使用方法也不少。

不知不覺的上課過了一個月，地面紮實的課程讓李美恩和趙心之只好拿出大學時期末考的 K 書精神，還彼此鼓勵一定要看完空服教官所強調的重點。

與乘客的應對進退及語言技巧是需要學習的，而空服教官的高 EQ 也令學員們佩服。

第一章
地面受訓

「飛機遇到亂流，機身不穩定搖晃，有些乘客情緒很緊張，空服員怎麼辦？」

「飛機遇到機械故障，需要緊急迫降，有些乘客情緒很激動，空服員怎麼辦？」「空服員除了端茶倒水之外，面對危急時刻的應變能力更為重要。」

空服教官看了看本期二十四位學員，大家都很認真地表示會盡力安撫旅客。這堂課培養了學員應付突發狀況的能力，也要求了學員對空服業行業風險的理解。

如果沒有日文基礎，背起「機上常用日語一百句」，一定會痛苦萬分，所幸李美恩和趙心之在學校都選修過日文，很順利把該背好的句子都唸得很流利。

化妝課最受歡迎，所有的學員都聚精會神研究個人服裝儀態、髮型、化妝技巧。授課老師選了李美恩作模特兒，由基礎保養、彩妝造型，一項一項教起。

「老師，我的痘痘用什麼蓋斑膏比較好？」

「老師，蓋斑膏用在粉底上嗎？」

「老師，這種眼影配哪一色的口紅？」

「老師，這種粉底都抹不勻？」

「老師，腮紅要怎麼畫呀？」

「老師，眼影這樣畫對嗎？」

「老師，睫毛膏怎麼刷都刷不好？」

「老師，我要畫眼線嗎？」

「老師，眉毛不要畫太黑，對吧？」

「老師，用蜜粉定妝好像很不自然？」

女孩們此起彼落的發問，林林總總幾十個問題，真是沒有一個人不愛美。

本期二十四位學員在經過地面學科二個月的訓練課程後，終於領到 E 航的制服了，量身訂做的好處是格外合身好看，大家就等著上機跟飛實習了。

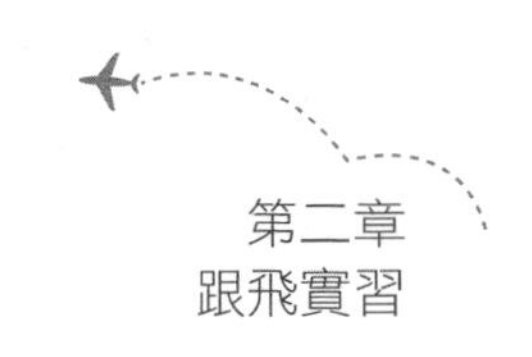

第二章　跟飛實習

通過地面學科的訓練課程和學科測驗後，再安排新手空服員上飛機跟飛實習，大約為期半個月，有三個飛行班次，三趟短程國際線。

而空服員必須在飛機預定起飛時間三個鐘頭前到組員勤務中心報到，之前服裝儀容就必須準備完成。

上飛機跟飛實習，李美恩和趙心之都不敢遲到，早早就到組員勤務中心等待機組報到，她倆穿起 E 航制服，淡妝淺笑，倒也顯得有模有樣。

趙心之拉著李美恩說：「美恩，看看妳這麼美，簡直可以拍 E 航廣告了！」

「噓，小聲點，別讓學姐聽到，不好意思。」

趙心之環顧四周的空服員們，都是服裝儀容整齊煥發的模樣。

李美恩說：「妳習慣穿這高跟鞋嗎？」

看看三吋的鞋跟，趙心之搖頭苦笑，卻也莫能奈何。

報到後，座艙長會集合此航班的全體空服員作任務指示及任務分配，李美恩和趙心之安靜的聽著說明，乖乖的走在帶飛教官的後面，一點不敢出聲。

帶飛教官說：「妳們今天第一次上飛機嗎？」

趙心之說：「我是第一次。」

李美恩說：「我以前坐過飛機。」

「今天能不暈機，好好看著學姐怎麼做，就不錯了。」帶飛教官笑笑說。

班機為短程航線，服務項目比較單純，餐飲服務也較簡單，通常只有飲料和簡餐。

可是運氣不好，第一趟飛行就碰到不好的天氣，飛機一路搖晃，簡直是抖著過去，跳著回來。

趙心之到飛機上的廁所裡吐了又吐，臉上一片慘白。帶飛教官搖搖頭，大筆一揮，在考核記錄上寫下：暈機不適合飛行。

李美恩的記者男友常來 E 航組員勤務中心接送她上下班，趙心之偶然見到幾次，有次時間還早，李美恩介紹那個記者男友和趙心之認識。

「妳好，請多多指教。」

「當記者好嗎？我也好想當記者。」趙心之問。

「很辛苦的，外出採訪有時很趕時間，有時又守株待兔等很久。」

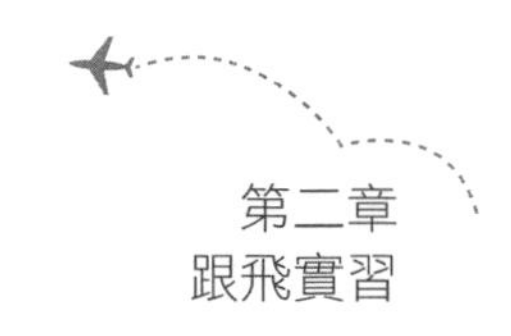

「可是可以見識很多吧？」

「當記者會認識很多名人，會知道很多事的內幕，寫新聞稿會很有成就感。」

「每天都要寫新聞稿嗎？」趙心之問。

「對呀，差不多每天都要寫，還要趕截稿時間。」

「寫新聞稿很難嗎？」

「剛開始很難，如果長官要求修改，就會忙翻了。」

「跑新聞的路線是自己想要跑的嗎？」趙心之問個不停。

「不是，是長官決定的，但是可以輪調。我看妳真的對當記者很有興趣，乾脆先幫妳介紹個記者男朋友好了，我有個同事人不錯。」

趙心之只好笑笑閉嘴，覺得此人口才一流、頭腦清晰，可說是精明幹練，可惜沒有時間深談跑新聞的樂趣。

但看得出李美恩的記者男友很呵護她，開車門拿行李，每次總有幾句悄悄話叮嚀，讓人還以為李美恩要出國多久？而其實上飛機跟飛實習最多也不過第二天就回台北了。

終於熬到最後一趟國際線訓練飛行，就快要可以結訓了，這個座艙長兼空服教官看起來人挺好的，大概沒有太大問題吧。沒想到上了飛機，座艙長教官在看了兩名受訓學員的人事資料之後，竟跑到後面經濟艙廚房來，一開口便說：「趙心之，妳是Y大政治系的，怎麼在這裡推餐車，幹嘛不去選立法委員？」

其他空服員學姐正準備起飛前作業，聞言笑了幾聲，趙心之也只能傻傻站在那裡，不知如何回答。

座艙長轉頭又向李美恩說：「妳長得這麼漂亮，怎麼不去選中國小姐，來E航端盤子？」

李美恩看著座艙長一直笑，也是不知說什麼好。

有位學姐講話了：「Chief，沒事別刁難小妹妹，嚇壞人了。」

「我只是說她們大材小用，沒有別的意思。」座艙長擺擺手走回前面頭等艙。

有著淘氣笑容的男空服員自我介紹：「我是江東平，江澤民的江、毛澤東的東、鄧小平的平。」

「哇，好偉大！」女生們全都笑了起來。

「我是錢玉薇，196期的。」學姐也自我介紹。

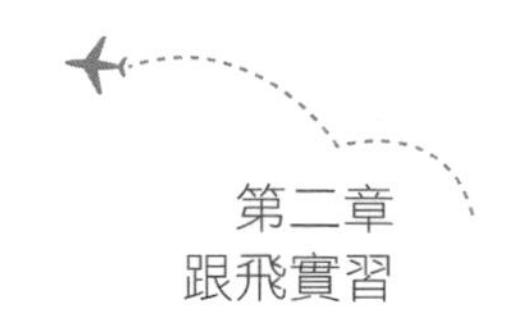

「我們先依照空服員手冊上的 Check List 一項一項檢查妳所負責的逃生門及緊急裝備。」錢玉薇帶著李美恩和趙心之。

「之後才點好自己要賣的免稅煙酒。其他人就整理報紙雜誌，準備紙巾、飲料及餐點。」

李美恩和趙心之看著學姐們走來走去，忙得很。還好錢玉薇熱心招呼她們，心裡覺得十分溫馨。

江東平負責經濟艙空廚，檢查過餐車後，又查看飲料車中的酒類是否齊全。

「妳們兩個不要緊張，慢慢來沒關係。」江東平突然冒出一句話。

「安啦，我會把她們教得很好。」錢玉薇回應著。

江東平：「玉薇優秀，優秀！」隔了幾秒鐘又說：「沖馬桶第一名！」

錢玉薇作勢要打江東平，此時機上廣播響起座艙長的聲音：「客人來了！」，大家才各就各位。

旅客登機時，資深空服員於機門歡迎，資淺空服員在走道上，指引乘客座位，並協助安放旅客行李。

錢玉薇幫著阿公阿媽把行李放在前面座椅下方或是頭上的置物箱，李美恩這才發現錢玉薇力氣不小，可以把一個中型箱子抬上去放好，趙心之東張西望的還搞不清楚旅客狀況。

發放報紙、雜誌及紙巾，錢玉薇就已經來來回回走了好幾趟，還有人要喝開水。

旅客全都進了客艙，飛機終於關門了，最資深的空服員作歡迎廣播：「各位旅客，歡迎搭乘 E 航 EU008 次班機到首爾去，由台北到首爾的飛行時間是兩個小時又二十五分鐘，請繫好您座位上的安全帶，本次班機為非吸煙班機，請不要在飛機上吸煙，謝謝您的合作。」然後是英文和台語廣播。

接下來是起飛前救生衣示範，錢玉薇有模有樣的依著機上廣播做 DEMO，李美恩和趙心之在旅客後面一邊觀察，一邊複習著示範動作。

示範完救生衣的穿戴和使用方法，機上廣播：「各位旅客，我們即將準備起飛，請確實繫好您座位上的安全帶。」錢玉薇一排一排的檢查乘客是否繫上安全帶。

飛機起飛，趙心之覺得胃似乎怪怪的，有些懸空想吐的感覺，連忙嚥

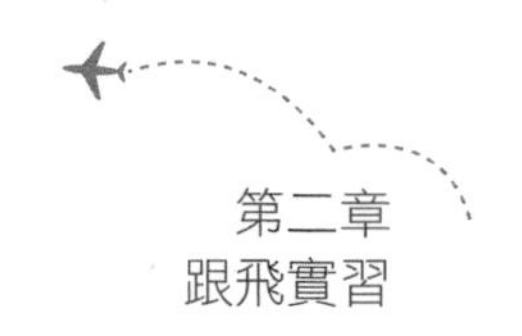

了嚥口水。一飛到夠高的高度，飛機不再爬升而飛平之後，錢玉薇起身換上圍裙，推出飲料車。李美恩幫忙整理飲料車上用品，錢玉薇動作熟稔俐落，不一會兒就準備妥當。

走過一巡飲料服務，江東平已把餐點放在廚房烤箱中熱好了，也一個一個放好在餐車裡的餐盤上了。

錢玉薇推著餐車走出來，問客人要牛肉還是雞肉，大部分的客人都點了紅酒或白酒，和在地面餐廳吃飯有些不同，用餐氣氛似乎多了點新鮮吧？

吃過飯，走兩趟咖啡或茶，錢玉薇就已經來來回回走了一個多小時，還得陪著資淺空服員推免稅品車子賣煙酒，這空服工作可不太輕鬆。

終於輪到組員用餐時間，大伙躲在廚房吃飯，江東平熱心的為李美恩和趙心之拿餐，錢玉薇可有話說了：「東哥，你這是有了新人忘舊人」。

江東平笑了，拿起個組員餐送到錢玉薇面前：「玉薇在我心目中永遠是十八歲。」

經過這趟跟飛實習，李美恩和趙心之實際參與機上服務過程，已能熟稔服務內容及流程，有心理準備應該可以做個稱職的空服員了。

第三章　香港

至組員勤務中心報到後，座艙長會集合此航班的全體空服員作任務指示及任務分配，通稱 Briefing 任務簡報。

這天任務簡報儀容檢查時，趙心之妝化的太淡，被女座艙長糾正：「如果不會化妝的話，口紅擦得紅一點，倒也過得去。」

趙心之連忙答說：「是，Chief。」

上了飛機，趙心之目不轉睛的看著學姐：她盤了個日本仕女頭，十分美麗，五官漂亮，又有著兩個深深酒渦，最令人著迷的是一雙烏溜溜的大眼睛，眼影畫的清爽雅緻，淡淡的紫紅配上淺淺的粉紫，臉上撲了香香的蜜粉。

趙心之再看看學姐的名牌「何康瑜」，說：「我覺得妳的名字好有氣質，跟本人一樣。」

「謝謝。」

趙心之又問道：「在學校，妳一定是系花，甚至是校花，對吧？」

何康瑜笑得嫵媚：「也不一定，見仁見智啦。」

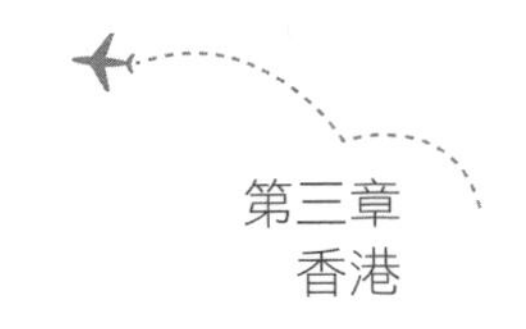

第二天用過早餐後，何康瑜帶著趙心之出了酒店，步行到達九龍半島尖沙咀區的心臟地帶，坐看維多利亞海港的醉人美景。這個早晨似乎有些薄霧，對岸香港島的建築物在迷迷濛濛的大氣中若隱若現，參差錯落。

何康瑜說：「這裡晚上燈火通明，望向對岸，真的很美。」

趙心之點點頭：「香港旅遊購物節的電視廣告就是拍這裡。」

全香港三個最重要的文化景點即為：香港文化中心、香港藝術博物館及香港太空館，全都值得參觀和遊覽。

兩人還逛了附近的香港文化中心，裡面有設備完善的戲劇廳，可以供世界一流的歌劇到此演出，這段時間上演的劇碼有著半面牆大的招牌，高高掛著很是醒目，象徵香港與紐約、倫敦、巴黎同步接軌的藝文感。

她們又走馬看花看了看香港藝術博物館裡的收藏，真不少藝術品，陳列得有型有款，可以看出館方人員的用心。想不到香港是世界商業中心之一，卻也有人文藝術的氛圍，內涵廣博。

何康瑜又帶著趙心之到購物天堂的彌敦道上逛街，沿途滿是大小商場和店鋪，服飾、電子產品及其他精品樣樣俱備，令人目不暇給。

尤其服飾店頗有藏寶，何康瑜買了好幾件漂亮衣服。粉色的、蕾絲的、質料都不錯，款式很美麗。

走著走著，趙心之看見大大招牌的屈臣氏，正想進店裡看看。

何康瑜說話了：「拜託，來香港還逛屈臣氏？我們去逛逛 Chanel 精品店。」

兩人來到香港半島酒店逛精品店，Chanel、Ferragamo、Escada 店裡幾千、幾萬港幣的服飾配件，讓趙心之傻眼。何康瑜看中一款黑色 PRADA 的包包，但幾經考量，並未買下。

何康瑜說：「我們來喝下午茶，享受世界頂級的氣氛。」

點了咖啡和蛋糕，趙心之環望香港半島酒店這美麗的大廳、豪華的桌椅、一流的擺設，很有歐洲宮廷風味。

「我媽媽下星期要來香港玩。」何康瑜說。

「我的薪水和飛行加給都給我媽拿去理財了，自己只能花 per diem。」

趙心之問：「per diem 是差旅費，每個月有多少？」

「per diem 大概八百一千美金，底薪三萬，飛行加給三萬左右。」何康瑜說。

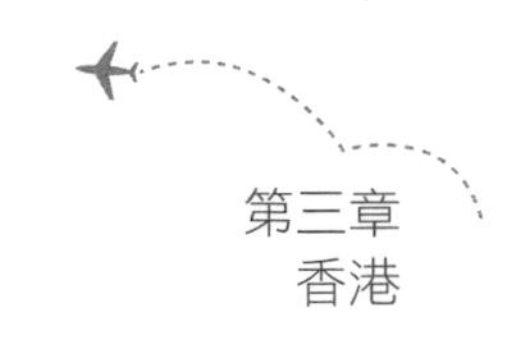

「那妳幹嘛要給妳媽那麼多？」

「她要就給她，沒關係。」何康瑜說。

這時，有人喊何康瑜。兩人抬頭一看，原來是空服員大哥韓瑞奇。

「打電話給妳們都沒人接，原來是跑來這兒喝下午茶。」

「韓大哥有事找我們？」何康瑜笑著問。

「對呀，想找妳們一起出去玩。」

韓瑞奇問：「等一下是去 廟街逛逛？還是要去太平山？」

「太平山。」趙心之搶先回答。

「康瑜說呢？」韓瑞奇直盯著何康瑜。

「好呀，就太平山。」何康瑜倒爽快。

「康瑜今天逛街買了什麼？」韓瑞奇問。

「幾件衣服而已！」

「妳不打扮就很漂亮，穿什麼都好看。」韓瑞奇竟灌起迷湯來了。

何康瑜只一逕淺淺的微笑，趙心之可聽出一些端倪了。

「康瑜，妳是什麼學校畢業的？」韓瑞奇問。

「C 大中文系。」

「難怪氣質這麼好，妳是幾年次的？家住哪裡？」韓瑞奇有問不完的問題。

何康瑜說：「我是屬蛇的。」

「妳正好小我一輪，真是個小妹妹。」韓瑞奇繼續說：「我在台北和朋友合資開了家精品店，有空妳可以來逛逛。」

「只靠空服員一份薪水，是發不了財的，我剛才補貨名牌化妝品補了不少，康瑜看看有沒有喜歡的，儘量拿沒關係。」

何康瑜說：「那怎麼好意思！」

「我除了和朋友合資開店，也買了房子和店面，算是有經濟基礎。」

韓瑞奇自吹自擂的說：「平常在外站休閒，我都是游泳、看書，這樣身體好，腦袋也有知識。」

何康瑜臉上一直帶著笑意：「韓大哥生活很認真。」

趙心之倒是很有興味的看著這兩人，自顧自的喝咖啡吃蛋糕，安安靜靜的也不插話。

韓瑞奇為兩位小姐買了單，趙心之笑著稱謝。

天星碼頭就在半島酒店附近，步行大約只需十分鐘，在此乘搭天星小輪往香港島。

搭天星小輪時，趙心之故意跑到船邊看海景，留韓瑞奇和何康瑜坐在

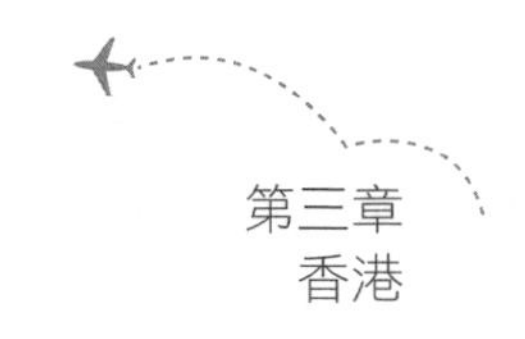

一起講話。

到了香港島找搭山頂纜車上山，趙心之覺得坐纜車有趣極了，到了山頂，山上視野極佳，可以俯瞰整個香港島上的建築物和維多利亞港灣。趙心之邊看邊找傳說中的淺水灣豪宅，可惜天色已暗，只能看到燈火璀璨。

搭纜車下山，三人回到九龍區尖沙嘴，走在彌敦道上，趙心之說：「康瑜，我肚子餓，先去吃飯。韓大哥，謝謝。」也不等他們回答，就趕緊轉身就走。趙心之逛了逛街，看香港人來去匆匆，聽不懂廣東話，覺得很新鮮，走得餓了，又找了家不大不小的店，吃了雲吞麵，覺得很港式的口味。

晚間又到海港邊欣賞夜景，許多燈光繽紛的大樓和廣告招牌聚集成一幕美麗的巨畫，已被公認為世界上最美麗的景觀之一。趙心之覺得香港真是一個別具魅力的城市，一棟棟的大樓白天是繁忙的商業辦公活動，但是一到夜晚就成了旅客視野最好的景物。她緩緩的散步在碼頭上，這夜色真是美極了，令人捨不得回飯店睡覺，深覺得會辜負如此美景和浪費了時間，趙心之第一次感受到散步也有這麼大的愉悅和心動。

許多對情侶在海港邊互相依偎著在談戀愛，韓瑞奇和何康瑜也坐在一起看夜景。 維多利亞港灣兩岸的美景叫人陶醉，徐徐的海風、涼涼的空氣，一波一波的海浪、一艘一艘的船艇，各種彩度明度的燈光投射、各種式樣大小的廣告招牌。情侶在這個令人目不暇給的美景中，也成了一大特色，比起公園、山野、沙灘，維多利亞港灣的美麗景觀和愉悅氣氛，更是令情侶感情倍增。

翌日到了香港機場，離上飛機還可以有些時間，座艙長告訴組員們 E 航飛機是在幾號停機門後，便允許各自散開，何康瑜連忙帶著趙心之到機場的免稅商品店採購化妝品。

「買些 Chanel 或是 CD 的口紅和眼影吧。」何康瑜這麼建議著。

「那一種顏色好呢？」趙心之問。

何康瑜幫她挑了粉紫色系的眼影和相配色的口紅。

第四章　曼谷

這趟飛曼谷，旅客登機時，從機門進來一批又一批的旅行團，當然都是坐經濟艙。趙心之因為資淺，所以都是在經濟艙打工。她立於座位旁歡迎著旅行團，這團幾乎都是阿公阿媽，所以一開始便像個菜市場般的鬧哄哄。阿公阿媽團台語此起彼落，趙心之也用不流利的台語，很有耐心的指引乘客座位，並協助安放行李。

錢玉薇和趙心之忙得很，發放報紙、雜誌及紙巾，就已經來來回回走了好幾趟，還有人要喝開水、上廁所，一個旅行團導遊深怕機上有好幾團旅客人多，所以一開始就要撲克牌以做為紀念，之後發完，很多旅客就要不到飛機上的撲克牌了。

旅客全都進了客艙，飛機終於關門了，最資深的空服員作歡迎廣播，接下來是起飛前救生衣示範，趙心之現在也可以有模有樣的依著機上廣播做 DEMO，但她覺得阿公阿媽都在看她，很不好意思。

示範完救生衣的穿戴和使用方法，機上廣播：「各位旅客，我們即將準備起飛，請確實繫好您座位上的安全帶。」，因為都是阿公阿媽第一次出國坐飛機，錢玉薇和趙心之一排一排走，特別細心一個個的檢查乘客是否繫上安全帶。

飛機起飛飛平之後，錢玉薇、趙心之起身換上圍裙，推出飲料車，走一巡飲料服務，阿公阿媽都不知道點什麼好，興奮的很。換了推餐車走出來，問客人要牛肉還是雞肉，要不要紅酒或白酒，大部分的阿公阿媽都點了，嚐嚐看葡萄酒的滋味。一邊用餐，還彼此一邊聊天，機上用餐氣氛似乎多了點卡通趣味。

吃過飯，走兩趟咖啡或茶，趙心之就已經來來回回走了一個多小時，還得推著免稅品車子賣煙酒，還好出國很少人買，但回台北就會有很多人買免稅煙酒了，帶回家可以餽贈親友。有些阿公阿媽吵著要跟空姐照相，錢玉薇和趙心之就高度配合，大家都很愉快，機艙裡的氣氛是賓主盡歡的感覺。

飛機降落還沒停穩，就有阿公阿媽不聽機上廣播，偏偏要站起來打開頭上儲物箱，準備拿行李，江東平連忙起身上前制止，就怕他們一個不穩，失手沒拿好行李、打到頭。

終於打開機門，由頭等艙旅客先下機，再來是商務艙，然後輪到經濟

艙了，錢玉薇和趙心之點頭微笑，一一向乘客道別，並祝福他們旅途愉快。

出了曼谷海關，機場外面溫度高、空氣悶，簡直就是炎炎夏日。坐旅館巴士到曼谷市中心，路上塞車很嚴重，還好車上有冷氣。

曼谷的精華在於金碧輝煌的皇宮和佛教建築，市區內大約有 3 百座佛教寺廟，其中最著名的便是玉佛寺和四面佛。

江東平帶著錢玉薇、何康瑜和趙心之出了飯店，坐上計程車，到了四面佛。

四面佛還真的是四個身面，又稱為有求必應佛，對香客所求的感情、事業、婚姻、錢財和平安，都相當靈驗。

錢玉薇說：「聽說很靈唷。」

「還是別許願，要還願的，拜拜就好。」江東平這麼說。

於是三位女生很虔敬虔誠的拜了拜四面佛，何康瑜還買了個圓串花環供拜。

到了曼谷的大型購物中心一看，包括泰國著名的絲製品、印染棉布、珠寶、銅器和各類手工藝品一應俱全。何康瑜和趙心之看著那寶藍、大紅，鮮黃、深綠、黃金的各式色澤，眼花撩亂，有些不知從何買起的感覺。

還是錢玉薇買了個寶石戒指，並不貴，才一千圓泰銖，但卻讓江東平見識到女孩子殺價的功夫了得，可以說是以半價購得，但也花了半個小時和老闆磨菇。

四人正壓馬路逛街，看到前方有人正在拉客。

江東平說了：「今天我是一王三后，妳們要保護我。」

再走幾步，果然有人拉著江東平的袖子不放，錢玉薇笑到誇張不行。

何康瑜和趙心之抬眼看著閃閃的霓虹燈，搞不清是什店。

又往前走了幾步，才發覺這條街有大約十幾家類似的店。

錢玉薇發言了：「聽說很多台灣大學生畢業旅行，選曼谷比較經濟，還會安排到此一遊，我們去開開眼界也無妨。」

於是問了拉客先生多少錢，原來只不過一人三百圓泰銖，四人便一起走進一家店裡。進去有些黑，有服務生帶位，一坐下點了飲料，才發現大廳中有個小舞台。

環顧四周，有幾位男客腿上坐著小姐。燈光雖然很暗，但看得出這裡

的小姐只穿了一件薄薄的連身式衣裙，裡面好像什麼都沒穿。

節目秀開始了，先是三位女生的上空舞，身材嬌小卻曼妙。再來是一位女性表演者表演用下體夾著筆畫畫，還有位男客買了那張畫。最後壓軸的是一男一女，脫個精光，但因有些距離，也看不真切。

四人出了黑店，也沒人講話，靜默了好一陣子，錢玉薇提議去吃泰式冰品。

「回飯店吃吧，省得在外面路邊攤吃，容易拉肚子。」江東平這樣管著三位女生。

回到飯店才發覺餓得很，原來已經很晚了，四人都點了泰式料理，江東平是乾炒牛河、錢玉薇是咖喱雞肉飯、何康瑜是海鮮炒麵，趙心之點了鳳梨炒飯。

「我們點個泰式酸辣湯吧。」江東平這樣建議著。

「不啦，我們想吃冰。」三位女生異口同聲。泰式冰品裡有芋頭、椰子絲、粘米和椰漿，另外椰汁西米露十分好吃。

「好像東南亞的冰品都可以叫做摩摩喳喳？台北開了好幾家摩摩喳喳冰店，生意好得不得了。」錢玉薇說。

「那我們退休以後也可以合資開一家。」江東平故意逗著女生們。

「最好是噢，二三十年以後的事，現在就做計劃，東哥果然語不驚人死不休。」錢玉薇說著說著笑了起來。

回到櫃檯拿鑰匙，有何康瑜的留言，是一位 Mr. Han 打電話給她。

「一定是韓瑞奇大哥。」趙心之心裡這麼想，卻沒講出口。

回到房間，何康瑜和趙心之兩人輪流洗過澡後，躺在床上休息看電視。她們都覺得泰國電視很新奇，尤其有一些軍事血腥暴力片，也有文藝愛情劇，轉台到歌唱節目，又覺得泰國歌真的很好聽、舞蹈也很動感，此時電話響了。

「Hello？」何康瑜接起電話。「是你，韓大哥。」

「今天去拜四面佛。」

「剛剛在飯店餐廳吃飯。」

「跟趙心之、錢玉薇，還有江東平。」

「你放心，不多說了，拜拜。」何康瑜掛了電話。

趙心之問：「是韓瑞奇打來的？」

何康瑜答：「是呀！」

趙心之說：「他對妳真有心。」

何康瑜笑笑，沒有講話，也不知道在想些什麼？隔一會兒，突然說道：「女生還是要調查清楚男生的想法吧？」

「可我覺得韓大哥他表達的很直接很明顯了，不過他有點老耶，大妳十二歲。妳長得這麼漂亮，還是多挑一挑。」趙心之說。

「妳講的口氣好像我媽媽，我也不懂挑選什麼樣的伴侶比較好，我希望能談得來，很貼心的，很幸福的。」

「康瑜，妳真的很夢幻，不食人間煙火似的。」趙心之說。

「我看妳也是似懂非懂什麼是愛情吧？」

「我大概也是很希望有人可以疼愛我，有人可以噓寒問暖，有人可以撒撒嬌吧？」趙心之說著笑了起來。

「妳少挖苦我，我真的覺得有人關心呵護是一種幸福，總好過自己去愛上別人，這樣太辛苦了。」何康瑜這麼說。

「是嗎？我很希望對象很優秀、讀很多書、最好是博士，當教授。」

「那你乾脆嫁給圖書館、書店算了，對了，還可以上網買書！」何康瑜揶揄著。

「可是總要有學問有知識的，才談的來。」

「你覺得我們的大學老師都是博士，和我們在生活上談得來嗎？他們之中也有很多單身的、很多離婚的，博士不表示處事樣樣都很優秀，而且離我們的生活圈愈來愈遠了。」何康瑜這樣質疑著。

「也許吧？可是康瑜妳這麼美，沒有想過嫁入豪門嗎？」

「我大學的時後就有小開學長追我，可是他們都會要求我打扮得美美的，衣服化妝都很講究，我覺得太重外表了，沒有內涵，也沒有耐性，評頭論足的，壓力太大了，我不適合。」

「說得也是，聽說嫁入豪門要很會逢迎，很會做人，還要會生兒子。」趙心之似懂非懂的說。

何康瑜被逗得笑了出來，說：「而且我發覺他們不會很真誠、很忠誠，只是為了面子，有個系花校花女朋友，可以跟別人吹噓吧。」

「難道就沒有一個好的豪門小開？」趙心之還有的問。

「當然有，但是說來妳不相信，他們早被預訂走了，我有同學是某部長的女兒，早早就和企業小開學長相親訂婚，那種上流社會多半是跟圈內人結婚，現實生活中是沒有灰姑娘的。」

「妳倒是很理性，可是卻又愛聽韓大哥的甜言蜜語？」趙心之邊說邊笑邊躲。

「妳別胡說八道，到處亂傳播。」

「好啦，我絕對不會說的。那妳對韓大哥倒底有什麼看法？」

「我也不知道，不討厭他就是了，不說了。」何康瑜微笑著。

第二天四人跑到水上市場去玩，湄南河風景秀麗，兩岸有佛寺，也有田園景觀，坐船遊河有其樂趣。趙心之斜倚著船緣，深綠色的河水沒有倒影，瀏覽著岸上風光美麗、色調優雅。

何康瑜查查手上的旅遊導覽，描寫的十分生動：東南亞著名的湄南河橫穿過泰國首都曼谷市，把整個曼谷分開為東西兩個部份，湄南河就像一條彩帶，給這座城市豐富了不少的色彩，因而讓曼谷贏得了"東方威尼斯"的封號。

而這條河流的水上交通持續至今，並且產生了水上集市，運河岸邊並排的水上人家，滿載著蔬菜的大小船隻，形成一幅繁忙的生活活動。

中午在一條類似泰國皇宮擺設的豪華船上，吃了海鮮大餐，泰國式的料理加了濃濃的香料和酸酸的檸檬汁，沾醬有淡淡的魚露和小小的朝天椒，口感清爽。有辣炒螃蟹、泰式炸蝦和清蒸魚等等，還有椰奶甜點。

過後到著名的 PATAYA 海灘遊玩，有水上摩托車、拖曳傘等活動，刺激有趣。不喜歡曬太陽的人，可以躲在大傘下，躺在藤椅上打盹，不失為一個懶散愜意的休閒風情。

晚間去看了華麗的人妖秀，進場時還碰到飛機上的台灣旅行團。

「你們也來看人妖秀？」一個阿公團員問。

「相逢自是有緣。」旅行團導遊笑笑損著空服員們。

「唉，真是人生何處不相逢。」江東平回嘴，點點頭打個招呼，便連忙帶三個女生就座。

人妖多半濃妝豔抹，歌藝平平，舞蹈不錯，整體仍具有可看性，是一場豪華秀，燈光變換感覺明亮繽紛，讓大家都聚精會神的欣賞。

謝幕散場後，江東平衝上台找了一個號稱小鄧麗君的秀麗人妖合照，勾肩搭背，笑得合不攏嘴。

回飯店時，錢玉薇突然說起：「其實泰式按摩很不錯，下次帶你們去。」

江東平回嘴：「下次要一起飛，不知道要什麼時候了？」

趙心之說：「真的很難得一起飛嗎？」

何康瑜回答說：「真的不容易。」

江東平向三位女生道晚安，大家各自回房間了。

第五章　新加坡

空中廚房的英文是 galley，一架飛機上通常有三個空中廚房，由三個男性空服員擔任管理工作，分為 G1、G2 和 G3。

這趟飛新加坡， G1 是韓瑞奇、G2 是王知行、G3 是江東平，三個人都幫著女性組員拿行李放上巴士後方，十足十的紳士風範。

G2 空中廚房空間不大，但有一男四女的空服工作人員，所幸大家都動作敏捷、身段俐落，沒有人擠人的問題。

馬文萍自我介紹說：「我是馬文萍，有文憑的唷。」

江東平一旁聽了，忙說：「E 航所有的八卦新聞妳們都可以問她，馬文萍是 E 航的八卦女王。」

馬文萍不以為然的說：「你沒知識，也要有常識，有事沒事和我馬文萍聊個天，保證有內涵。」

「對，都是公司裡的第一手新聞，消息來源就是馬文萍。」江東平說。

趙心之只覺得空服員真的大多都很樂觀開朗、可愛幽默。

江東平拉著何康瑜和趙心之到 G2 空中廚房：「來，我給妳們介紹，還有個古代學者王陽明。」

這位大哥帥得可以當電影明星了，面相清秀、五官齊整、溫文儒雅、身材頎長。

江東平說：「他叫做王知行，號陽明。別和王陽明，字知行的古人搞混了。」

「怎麼樣，像不像白面書生？」江東平指了指王知行，「他可是很有學問的唷！」

王知行聽了只一味的笑，露出潔白的牙齒。

送完飲料、餐點，又賣完免稅煙酒、香水化妝品，終於到了組員用餐時間。

馬文萍開講了：「今天這個機長聽說人品很差，很好色，有個學姐吃了大虧，感情被騙，而且也沒拿到分手費或賠償金。」

江東平說：「妳們要注意小心不要和前艙，機長啦、副機師啦，出去吃飯喝酒。」

韓瑞奇進來 G3 湊熱鬧：「可不是嗎，我來帶妳們出去玩！」，頗有意味的看了看何康瑜。

「韓大哥哪裡都玩遍了，老僧入定的老人了，怎麼有興致帶妹妹出去

玩？」江東平瞇著眼睛問。

「老什麼，我只是資深而已，別打壞我的行情。」韓瑞奇說。

機上廣播：「各為旅客請注意：攜帶毒品進入新加坡是絕對禁止的，違反當地法律販毒，將處以死刑。」

空勤組員到達新加坡樟宜國際機場，發覺名不虛傳，果然標示清楚、設備齊全、動線流暢、播音清晰、地勤服務良好、行李托運效率、環境乾淨整潔、空調涼爽舒適、轉機品質第一，多次被評比為世界和亞洲最佳機場的新加坡樟宜國際機場，實在是一個優良的國際機場。

組員出關後，搭巴士到旅館的途中，只看到新加坡到處都是深綠淺綠的樹木，真是個美麗的花園城市。

一大早韓瑞奇就打電話來了，何康瑜在這頭說：「好。」便掛了電話。

「韓瑞奇要帶我們出去玩！」何康瑜說。

「我才不當電燈泡呢！」趙心之笑著出門到隔壁房間找馬文萍。

馬文萍說：「錢玉薇去找王知行唸經做早課了。」

說罷帶著趙心之去逛購物商場，一家接著一家的店面，似乎三天三夜也逛不完，購物感覺和香港差不多，日用品都價廉物美。

只是街上行人多了些有色人種，而且大家穿著比較輕便，很多人穿短褲 T 恤就出門逛街。新加坡人有新加坡人的味道，因為說的是國語和英語，就和講廣東話的香港人不同。趙心之向一名小姐問路，對方表示趙心之說的國語真好聽，是台灣來的吧？

馬文萍和趙心之在購物商場的書店，發現暢銷排行榜上有台灣的作家作品，CD 行的暢銷排行榜上也有台灣的歌手歌曲。

馬文萍建議趙心之買了個三洋牌的旅行用小鍋，在某些外站旅館的房間內可以燒些熱開水泡茶泡咖啡，偶而也可以煮個泡麵吃。

馬文萍邊走邊聊些八卦：「妳沒看見飛機上有些學姐帶著勞力士、歐米茄、蕭邦等名牌鑽錶打工？難道全都是自己買的？有些當然是別人送的。可是妳也要看是什麼人送的？」

「某學姐買衣服至少都是一萬元新台幣起跳，佛要金裝、人要衣裝，要進入上流社會，外表不能太寒酸。」

馬文萍和趙心之逛街購物回來後，準備一起去吃飯。才剛出門就碰到

錢玉薇、江東平和王知行，於是大家一起往美食中心走去。

「這兒看起來很像路邊攤。」馬文萍說。

「但聽說新加坡政府對餐飲市集有規劃，也很嚴格考核衛生，應該沒問題。」王知行這麼說。

「哇，有中國菜、馬來菜、印度菜、越南菜、泰國菜，我們吃什麼？」趙心之問。

「就點一桌菜，不同攤位的也可以，每人選一盤好了。」江東平說。

「點新加坡正宗的肉骨茶啦，海南雞飯看起來也很可口。」錢玉薇說。

「東哥，你們今天在做什麼？」趙心之問。

「還不是在唸經。」

「唸什麼經，佛經嗎？」趙心之又問。

江東平看看王知行。

王知行答：「般若心經、藥師琉璃光如來本願功德經、大悲咒、白衣觀音大士靈感神咒、南無妙法蓮華經，都可以唸，還有許多佛教音樂可以聽。」

江東平說：「每天都要誦經，心理才平安喜樂。」

「信這些作什麼？我光是聽這一大堆經就搞不清楚狀況。」馬文萍問。

王知行說：「有信仰的人比較沒有煩惱與痛苦，你們不懂。」

趙心之說：「我只知道有慈濟、法鼓山、佛光山。」。

江東平開起玩笑：「我也只知道有大乘佛教、小乘佛教。」

錢玉薇轉換話題：「新加坡很注重市容整潔，不可以亂丟垃圾，否則要罰錢。因為口香糖很難清除，所以在新加坡都不能嚼口香糖。很多地方也都禁止吸煙，不然也要罰錢。」

趙心之說：「難怪新加坡這麼乾淨。」

王知行說：「有個新加坡官員抱怨說：『中國有長城、埃及有金字塔、法國有羅浮宮、美國有大峽谷、日本有富士山、瑞士有阿爾卑斯山，連個泰國都有四面佛，反觀新加坡只有陽光，如何吸引旅客、和人競爭？』，長官說：『那就靠陽光吧。』，結果新加坡廣植樹木綠化，成了美麗的花園城市，觀光事業也位居世界前幾名。」

王知行繼續說：「其實新加坡的水資源不夠，有一半用水要向馬來西亞購買。但是新加坡人一直致力於海水淡化和廢水回收，研究水資源的科技很先進。」

趙心之點點頭說：「王大哥懂得真多。」

桌上各式料理混合著自助式吃法，倒也別有一番風味，像新加坡的混合式人文文明，是這麼融合傳統又現代，保有各自的特色。

「聽說公司有個大哥是同性戀，到新加坡時，跑到公園裡和人露天嘿咻，結果妨礙風化，被新加坡警方抓到警察局，又通知 E 航。」馬文萍報導著八卦消息。

「然後呢？」趙心之問。

「然後就被公司炒魷魚了。」馬文萍說。

「E 航有位學姐被一個新加坡富商追求，那名富商竟然跟著這個學姐飛，一個月內跟隨飛了好幾趟，像是環球旅行一樣，真是有錢。」馬文萍又八卦。

江東平說：「這個八卦聽起來像是真的咧！」

用餐完畢，大家回旅館，錢玉薇又跟王知行和江東平回房間去唸經做晚課。

另外韓瑞奇帶著何康瑜逛新加坡贊美廣場，看那哥德式的教堂尖頂高聳入雲，天花板嵌滿彩繪玻璃，昔日曾是學校及修道院，如今昂然佇立於贊美廣場，成為新人舉辦婚禮的場所。

韓瑞奇告訴何康瑜：「新加坡旅遊局將贊美廣場列為十大浪漫景點，代表意義是『永恆，Yes, I do.』，是婚姻誓約、白頭偕老的意思。」看著年輕柔美的何康瑜，心想自己能有福氣得到她嗎？韓瑞奇願意盡所有的一切給她幸福快樂。

「你看那邊有新人在拍婚紗照。」何康瑜興奮的喊著。

「我們也來拍幾張。」韓瑞奇攔住某個路人幫他們拍照。

「康瑜，妳有男朋友嗎？」

「韓大哥，你怎麼問我這個？」

「我只是想過兩年，妳也該結婚了。」

「大概吧，我希望能去希臘度蜜月。」何康瑜沒頭沒腦的憧憬著。

「好呀，我也覺得希臘很浪漫。」韓瑞奇故意放話試探。

何康瑜不好意思接腔，只好自顧自走在前面進教堂參觀。

韓瑞奇帶著何康瑜逛有名的魚尾獅像是新加坡的象徵，兩人拍了照片，非常盡興。

又到市區烏節路上的百貨公司，又去七十層樓高的餐廳吃晚餐。

何康瑜說：「韓大哥，機長有打電話給我，要請我吃飯，我好害怕。」

「不要怕，別理他，我會保護妳。」韓瑞奇說。

何康瑜說：「我說我有約了，就婉拒他了，不知道他會在公司裡怎麼樣。」

「他不敢怎麼樣的，妳不要理他就好。」

韓瑞奇問：「今天逛了半天百貨公司，累不累？」

「不累，新加坡的百貨公司衣服樣式很多，不輸香港。」

「我每次到新加坡，都是游泳、看書過日子。」韓瑞奇說：「康瑜，妳不喜歡運動？」

「對，我怕曬太陽。」何康瑜笑笑說。

「沒關係，我們逛逛百貨公司、吃吃飯就好，不要把妳曬黑了。」韓瑞奇疼惜的說：「新加坡有個聖淘沙島，很好玩，但是太曬了。還有妳知道另外還有海底世界、夜間野生動物園、植物園、自然生態保育區，我們下次有空再一起去玩。」

「韓大哥，你都去過了？」何康瑜眨了眨漂亮的大眼睛說。

「是呀，還有刺激的水上樂園，讓人暑氣全消。」韓瑞奇介紹不完：「還可以坐玻璃船和空中纜車，風景比香港有過之而無不及。」

何康瑜轉頭看看餐廳坐滿衣冠楚楚的紳士淑女，又看看大片透明玻璃從天花板垂直落地到腳邊，左右拉出 360 度寬廣視野。玻璃牆外有新加坡最美麗的夜景，夜暮低垂，城市的輪廓依然分明，像是施華洛奇水鑽般的燈海閃爍，鑲在新加坡河的兩旁似的，甚至於像是大幅彩色地圖。

「韓大哥，你看下面的燈海真是美極了。」

「新加坡旅遊局列為十大浪漫景點，這裡的燈海也是其中之一。」韓瑞奇繼續說：「新加坡人很會創造氣氛，有美食味覺享受，有美景視覺享受。樓上酒吧還有音樂聽覺享受。」

「對，讓人有一種幸福感覺。」何康瑜露出孩子氣的微笑，又轉頭看那一大片璀璨的燈海。

馬文萍告訴趙心之新加坡環球影城，逛逛真是有趣極了，比洛杉磯的環球影城並不遜色。

趙心之看看遊覽手冊：濱海灣花園位於新加坡河的河口延展開來，由三座醒目的海濱花園所組成，它們分別是濱海南花園 Bay South、濱海東花園 Bay Eas t 和濱海中花園 Bay Central。規模最大的濱海南花園將

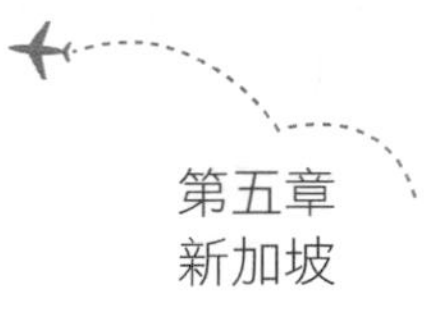

位於濱海灣金沙的旁邊，並以各種熱帶花卉和不同色彩的植物展現出精湛的熱帶園藝和園林藝術。

新加坡摩天觀景輪（英語：Singapore Flyer）是一個位於新加坡的巨型摩天輪。摩天輪坐落在濱海中心填海得到的土地上，從摩天輪上可以飽覽新加坡市中心。

趙心之計畫著下次來新加坡要好好再去玩。

第六章　吉隆坡

空服員每個月都會有一張這個月的飛行排班班表，俾能照著班表所排定的飛航班次上班，如果遲到誤班 missing schedule，將是很嚴重的過失。每個空服員也可以從班表知道：在什麼日子，自己是在地球的哪個城市角落。

這趟飛行有韓瑞奇、王知行和李毅軍三位男生，女生則有何康瑜和李美恩等。

李毅軍打從組員報到開始，就對李美恩的美印象深刻，那是一種純潔安寧的感覺，真正一見鍾情。李毅軍簡直看得目不轉睛，又毫不掩飾，他想著自己實在好喜歡這個女孩，她真的好清秀好典雅，臉蛋像是精雕細琢的藝術品一般，看著看著，李毅軍有個想法閃過：他想伸出手摸摸她的柔細秀髮。

直到座艙長集合此航班全體空服員任務簡報，李毅軍的視線仍在李美恩臉上，李美恩抬眼望了這名男生一眼，接觸到對方明亮溫和的眼神，不自覺低下頭微笑 。

李毅軍打 G3，李美恩正巧也是在機尾打 4R 的位置，李毅軍望了望她胸前的名牌，自我介紹：「我是李毅軍，請多指教。」

李美恩雖然覺得李毅軍一直看著她，但並不令人不安或討厭，所以點點頭友善的笑了笑。

李毅軍說：「美恩，我看見妳，覺得很投緣。」

李美恩不講話，只是做自己的工作，心想這人怎麼第一次見面就喊人家名字喊得怪親切、怪自然、怪熟稔的。

何康瑜和李美恩準備著餐車上的紅白酒，李毅軍從烤箱 ovan 中拿出熱騰騰的兩袋麵包，李美恩正想伸手去接，李毅軍說：「美恩，小心燙，我來就好。」

送完餐，送咖啡和茶，李毅軍也跑出廚房幫忙走。收完餐，賣完煙酒，李毅軍喊：「美恩，吃飯。Call Button 我來就好。」還好今天沒有什麼旅客按叫人鈴，李毅軍多半在廚房裡看著李美恩用餐。

韓瑞奇從飛機頭的 G1 空中廚房跑到飛機尾的 G3，只為了看何康瑜，輕聲問：「累不累？」

何康瑜嬌羞的搖搖頭，說：「你快回去 G1。」

韓瑞奇說：「我就是來看妳的。吃飯了沒？」

兩人站在一起，韓瑞奇為何康瑜拿了餐盤，看著她吃組員餐。

不知何時，座艙長經過，李美恩和何康瑜連忙說：「Chief」。

座艙長說：「韓瑞奇，你怎麼跑到這來了？」

韓瑞奇說：「我現在就回去。」

飛機快要降落前，李毅軍環顧廚房餐車有無定位鎖緊，卻在檯面上發現一把開酒器，摸摸自己的在口袋裡，便順手將兩把開酒器放在一起。

機組員出了吉隆坡國際機場海關，搭巴士到旅館已是晚間九時許了，各人在櫃檯拿了房間鑰匙便回房了。

「Hello ？」李美恩接起電話。

「美恩，我是李毅軍，妳的開酒器掉了，現在在我這兒，你要不要下來拿？」

下來到了旅館大廳，李美恩只見李毅軍米白色襯衫搭配淺咖啡色長褲，高大英挺，卻也玉樹臨風。

第六章
吉隆坡

「美恩，我們到裡面坐坐，聽鋼琴演奏。」李毅軍提議。

兩人才坐下，點了飲料，一轉頭看見韓瑞奇和何康瑜正好也來了。但見韓揮了揮手，帶著何坐到另一桌。李毅軍和李美恩相視而笑。

鋼琴現場演奏一直到晚間十一點才結束，李毅軍送李美恩回房間。

「明天我們一起出去玩，八點在樓下餐廳見，不見不散。」李毅軍說。

不等李美恩講話，李毅軍就回房了。

第二天一早，李美恩和何康瑜正在用早餐，李毅軍跑過來坐下。

「昨晚睡得好嗎？」李毅軍問兩位美女。

「很好。」何康瑜笑笑說。

不一會兒，韓瑞奇也來了。用過餐後，李毅軍要帶李美恩進市區遊覽，韓瑞奇和何康瑜則要先到旅館後方的高爾夫球場走走。

李毅軍帶著李美恩坐旅館小巴士進市區，吉隆坡高塔高 421 公尺，除了是提供電訊、電台和電視的轉播站，高塔上的瞭望台和旋轉餐廳更是提供遊客鳥瞰的絕佳地點。

「哇，你看吉隆坡市區很繁華。」

「嗯，是很現代化的商業城市。」

「遠方的山谷卻是很寧靜的感覺。」

「一望無際的天空好開闊。」

「有飛機飛過。」

「在藍天中留下一道碳足跡。」

「什麼是碳足跡？」李美恩轉頭問話，額頭卻撞到李毅軍的下巴。

他伸出手替李美恩揉揉額頭，又問：「痛不痛？」

李美恩搖搖手，說：「對不起。」紅著臉轉回頭看著外面的景觀。

李毅軍索性伸開雙臂，從後面兩旁鬆鬆的環住她，又低頭聞著李美恩淡淡玫瑰味道的香味，一邊說道：「carbon footprint，是日常生活的碳使用量，可以用『酷地球網站』的溫室氣體計算器來計算，主要於計算個人在交通運輸、家庭耗能及廢棄物產生三方面，相關活動所產生的溫室氣體量，可以學習一些知識如何抵銷這些碳排放的影響，來參與環保工作。」

「那飛機飛行也有嗎？」

「當然有啦，而且飛機排放的廢氣算是大量的，被環保人士批評呢。」

李毅軍和李美恩心情都很好，笑語不斷，像兩個頑皮小孩一樣。

星光大道，是吉隆坡公認的頂級購物區，從超大商場到平價小店、名

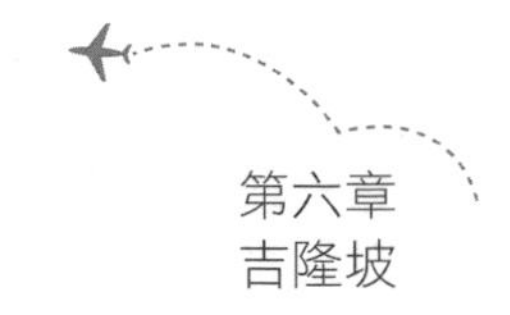

牌精品到民生用品一應俱全，許許多多的購物商場令人眼花撩亂。李毅軍跟在李美恩身邊，逛哪裡、逛多久，看這看那、走走停停，大男人都完全沒有意見，倒是好些路人忍不住對這一對俊男美女多看一眼。

「等下可能會有雷陣雨，我們先回旅館吧。」李毅軍想了想說。

他們上了計程車，中年男司機是中國潮州移民的後代，聽得懂國語，但是講得夾雜潮州話和閩南語，勉強可以溝通，大家聊了一些很有意思，說不上是鄉親，卻都覺得好親切。

原來馬來西亞有很多大陸潮州和泉州的移民和子子孫孫，也有唐人街、中國城，老一輩的更是堅持凡事都要傳統中國風味，還常常回大陸探親。顯示馬來西亞的多元文化。

到了旅館，兩人到旅館後方的原木搭建的室外餐廳用餐，遠眺山巒起伏。

李美恩想起這趟飛行，收完餐後，到商務艙賣煙酒時，看到有日本客人千里迢迢地帶著高爾夫球具到吉隆坡打球，她不解的問道：「日本客人怎麼跑那麼遠到吉隆坡打高爾夫球，還自己帶球桿？」

「可能是高爾夫球員去巡迴比賽，才會自己帶球桿。」李毅軍是有問必答的：「但也有可能是日本人覺得度假的費用比去夏威夷低廉，再不然就是企業有跨國工廠設在吉隆坡，其實台灣的電子業和製造業很多在馬來西亞設有工廠。」

「真的嗎？我以為是在大陸和越南。」李美恩有些驚訝。

「溫世仁的太太呂來春生前就是在馬來西亞創辦華僑學校，他們夫妻不但是中華民國繳最多遺產稅的人，可能有六十億新台幣，而且一直致力於全民教育和社會公益，很受人尊敬。」

李美恩點點頭，說：「馬來西亞消費水準還好，跟泰國差不多，可是環境感覺好多了。」。

李毅軍說：「馬來西亞官方推行一項半移民計畫，就是『馬來西亞：我的第二故鄉』，歡迎別國的有錢人來，只要符合資格，可以獲得多重入境旅遊簽證，沒有居留期限。」

李美恩說：「哦，馬來西亞還蠻拼經濟的。」

「是呀，妳看吉隆坡商業很繁榮，新加坡因為地緣關係對馬來西亞產業也多有研究和投資，有一檔新加坡大華基金績效就很好。」李毅軍多希望能為李美恩解答人生中所有的問題，他是一眼就愛上了李美恩！

第六章
吉隆坡

下午果然下了一場雷陣雨，雨過天晴，彩虹乍現，淡淡高掛天際，甚是美麗。

「我們到高爾夫球場走走。」李毅軍說。

兩人走了約半小時，李毅軍突然停下腳步，他看著李美恩美麗晶亮的雙眸，意亂情迷的說：「美恩，我可以吻妳嗎？」

李美恩抬起頭瞪大眼睛說：「我已經有男朋友了。」

李毅軍卻迅雷不及掩耳的將雙唇印在她的額頭上，偷吻了她。

李美恩轉身想走，李毅軍雙手一環，抱住了她。

「別動，不許動，妳聽我的心跳。」

李美恩側著頭依在李毅軍的胸膛上，不知如何是好。

也不知過了多久，李毅軍放開李美恩，走開兩步，深深吸了一口氣。

「我不想問妳有沒有男朋友，妳沒有聽見我的心在說我愛妳嗎？」

李美恩一時之間不知道說什麼好，倒也發不了脾氣。

「妳還能說我們之間沒有什麼嗎？把妳的電話和班表給我。」李毅軍說。

李美恩想了想，調頭就向旅館走去，李毅軍卻不讓她走開，懇求給彼此一個說話的機會。

「美恩，妳不相信有一見鍾情嗎？」李毅軍說：「我們可以在以結婚為前提下好好交往。」

隔了一會兒，李美恩都沒說話。李毅軍又開口：「我會一切以妳的意見為意見，尊重妳。」

「你不讓我回房間，是尊重我嗎？」李美恩有些氣悶。

「我是很誠懇的追求妳，請妳給我一個機會。」李毅軍說：「該吃晚餐的時間了，我們一起去吃飯。」

李美恩搖搖頭，李毅軍卻用大手牽起了她的手，掙都掙不開，只好一起到旅館餐廳吃晚餐。

李美恩點了海南雞飯，李毅軍也點同樣的。

「美恩，我希望能愛護妳一輩子。」李毅軍說：「不要放棄我這麼好的男人，我會全心全意愛妳的。」。

「你不要一直說愛呀愛的，大家都是同事。」李美恩咬咬下唇說。

「美恩，我對你真的是一見鍾情，我從來沒有這樣過。」李毅軍很誠懇的說：「妳可以考慮考慮，不要急著拒絕。」

「妳想一想妳和男朋友之間有沒有問題？」李毅軍不甘心又說：「和

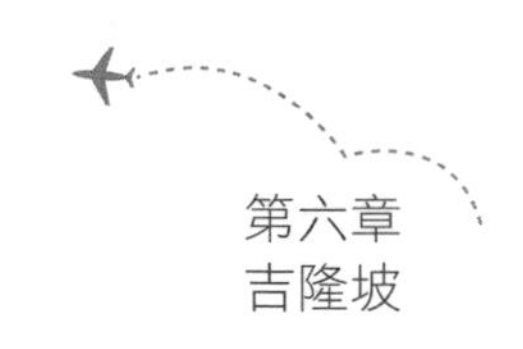

他在一起會比我們在一起快樂嗎？」

「至少我了解空勤的工作，我知道妳的生活心情和喜樂苦悶，我們有這麼多可以聊的，很多事圈外人是沒辦法體諒的。」

「我家住台中，父母都退休了，家世清白，家境小康。」李毅軍自我介紹起來。

「我讀的是 G 大外文系，當兵的時候和女朋友分手，教過補習班，後來考上 E 航當空勤，就一直沒交女朋友到現在。第一眼看到妳，我就覺得有種安寧喜悅的感覺，很欣賞妳自自在在、乾乾淨淨的美。」李毅軍繼續說：「我是個個性單純、生活簡單的人，平常休閒都在看書、運動，將來也可能走翻譯和口譯的路子，我可以教妳英文。」

兩人坐到了晚間九點，李美恩開口提醒李毅軍，他才不情願的起身送她回房間。

在電梯裡，李毅軍握著她的手不許放開，到了房間門口，李毅軍竟然敢環抱住她，抵著牆壁不許動彈，低頭又吻了她的額頭。似乎有人來了？李美恩推開李毅軍。

今天韓瑞奇帶著何康瑜來到馬來西亞皇宮，位於一座小山丘上，皇宮內種植有多種花卉，常常舉辦各種官方活動和重要慶典，所以遊客是不可以入內參觀的，通常只能在大門口與兩旁站崗的穿著傳統服裝衛兵們拍照留念。

韓瑞奇笑說：「觀光客到哪裡都很喜歡看衛兵，尤其是衛兵交接了，像倫敦的白金漢宮，連台北的中正紀念堂都有日本觀光客專誠在等著看憲兵交接。」

兩人晚間到了吉隆坡高塔，由高塔上的瞭望台鳥瞰夜景，燈海繽紛璀璨，煞是美麗，韓瑞奇很細心，又有預約了餐廳的座位。

用完晚餐後，韓瑞奇終於講出心裡的話：「康瑜，有件事情，我必須讓妳知道。我離過婚，又有一個小男孩，現在讀小學二年級。不過，我對妳是認真的，我會努力賺很多錢來給妳花的。」

隔了好一會兒，何康瑜才說話：「韓大哥，你誤會了，我只是把你當成大哥哥一般的好朋友，沒有別的意思。」

「我是真的很喜歡妳，我知道妳這麼漂亮，一定有很多人追求，我只希望妳給我一個機會，先別拒絕我。」韓瑞奇採用柔情攻勢。

何康瑜當下有幾分尷尬，不知說什麼才好。

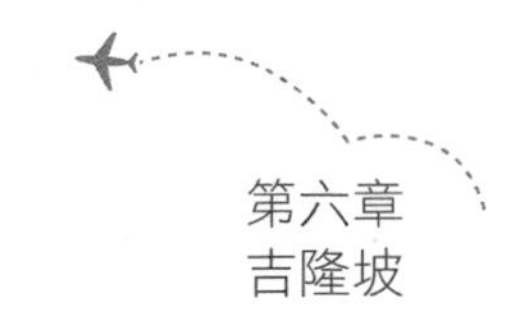

「我知道妳會很難接受，但是我願意等，等多久都沒關係。」韓瑞奇深情脈脈的看著她粉嫩白晰的美麗臉頰。

由吉隆坡回台北的旅程中，李毅軍向李美恩要電話、地址和班表，又說了一句：「我愛妳。」，因怕驚動到其他組員和旅客，李美恩就給了他電話。

短短三個小時飛行中，李美恩就收到五張名片，都是男性乘客要求跟她做朋友，但李美恩只是微笑的表示：「我現在正在工作。」，收下名片放在圍裙口袋，從不和客人多說一兩句話，也從不看客人名片的頭銜和企業。

這趟飛行回台北時，李美恩的記者男友來E航組員勤務中心接她下班，替她拿行李，笑著說了幾句話。李美恩低頭不語，臨上車時，回頭一看，才發現李毅軍正站在組員勤務中心的門口凝望著她的一舉一動，兩人眼光一接觸，她馬上心虛轉頭往別處看去。李美恩上了記者男友的車子，才呼出一口長氣，心裡亂糟糟的一團糾結，只覺得自己居然有了感情煩惱。

李毅軍看那個記者就有一肚子的氣，心裡悶到不行，右手握緊拳頭打了左手掌兩下，他腦海都是李美恩的容顏和身影，怎麼都揮不去。巧笑倩兮、美目盼兮，如此粉雕玉琢的女孩，他突然想到一句古詩：惟甜思苦，愛無邪。

第七章　雅加達

李毅軍打電話給李美恩，邀她出門，她只說要待在家裡，便掛了電話。李美恩也拒絕了記者男友的邀約，一個人在房間裡想心事，連中飯都忘了吃。

其實李美恩自國中起就收到許許多多的情書，裡面全都是稱讚她的美貌和氣質，她偶而會看些字跡端正的信函，後來功課很重，索性把情書都一股腦兒丟進垃圾桶。不知為什麼，李美恩個性恬淡，絲毫不愛慕虛榮，從來沒有想過要做明星，也從來沒有想過要跟公子哥交往，平常並不盲目追求時尚流行，她就是這麼專心讀書、自在生活。

直到上大學，李美恩才被學校校刊編輯的才氣給打動心扉，那個人就是她現在的記者男友，一封又一封的情書團，他很擅於寫新詩，當然還有散文，甚至於在校刊上公開批露愛意，搞得校園裡人盡皆知。李美恩從未考慮到對方就讀科系、家世財富、前途薪水等各方面現實的條件，就因為欣賞他的文筆而慢慢的接納了他的追求。

現在突然冒出來個李毅軍，她的芳心亂了，找時間整理思緒，卻是越理越亂。那名記者男朋友雖是很呵護她，可是常常自以為是、自作主張，從理財大事到用餐小事，幾乎都是他做主，從不問問女生的意見。記者男朋友又常常喜歡高談闊論、滔滔不絕，李美恩有時回嘴，有時乾脆就賭氣不發一語，想說爭辯也沒有用，久而久之似乎像是聽訓一樣。

記者男朋友又喜歡說李美恩做的是服務業，不懂社會現況，沒有政治常識，也沒有經濟知識，飛出去連台灣發生什麼新聞都不知道。這點讓她對這份感情很是氣惱，但並沒有說出口要分手，只是在心裡不時嘀咕著：每個工作有每個工作的內涵嘛。

正胡思亂想之際，電話又響了，是李毅軍，李美恩不想理他，李毅軍卻說他就在李美恩家門口不遠處，如果不出來，他就來按門鈴。
李美恩只好梳洗換裝出門，李毅軍拉著她的手，叫了一部計程車，上車到電影院，排隊買了票，進電影院就座，李毅軍就側著頭吻了她，她低下頭不肯，卻抽不回握在他大手中自己的手。

電影結束，兩人走到大街上，熙熙攘攘的人群移動著，李毅軍卻拉著李美恩靠著路邊停了下來，他一開口：「美恩，我愛妳，我不要別人搶走妳。」

李美恩皺眉頭說：「搶人的人是你。」

「我第一眼就愛上了妳，我是認真的，我不能沒有妳。」李毅軍很認真看著李美恩的眼睛說。

「別這樣，我不知道怎麼辦。」李美恩說罷，轉身就走，揮手叫計程車。

李毅軍拉住李美恩，用手攬住她，李美恩推開他。一部計程車停了下來，李毅軍跟著李美恩上車，他握住她的手說：「美恩，我愛妳，嫁給我。」，她垂頭不語。

車行到了李美恩家門口附近停下，李毅軍跟著她下車，竟用手圈住摟著她，李美恩一急，淚眼婆娑說：「別這樣，會給我鄰居看見。」

李毅軍心疼的說：「好，我走。」

李毅軍在街上茫然的走了兩個多小時，心裡又愁又苦，不知如何是好。經過一家金飾店，李毅軍看了看櫥窗，走進店裡挑了一對金戒指。

這趟飛雅加達，李美恩又碰到李毅軍，卻一直故意不去看他。座艙長分配任務完畢，李美恩走在前面趕緊上了大巴士，找了個學姐身邊坐下。李毅軍替女性組員放好行李到大巴士上，才上了車。
經過李美恩身邊，李毅軍伸出手拉她起身，要她坐到另一排有兩個空位。李美恩怕驚動組員，只好起身換了座位，和李毅軍坐在一起。那李毅軍一待坐定，就拉住她的手放在他胸前，再在她的耳朵旁輕聲說了句我愛妳，就握住她的手，一路到了中正機場，準備上飛機。

在飛機上打工時，李美恩仍然故意不去理李毅軍，尤其躲著避免看到他的眼神。下了飛機，一到飯店房間，李毅軍就打電話給李美恩，她說累了想休息，李毅軍卻說不下來大廳的話，就上樓到房間找她。
李美恩無可奈何到了大廳，李毅軍拉著她到鋼琴酒吧坐下，點了一首英文歌「When I Fall In Love」獻給李美恩。在昏暗的燈光下、好聽的歌聲中，李毅軍拿出戒指，套在李美恩左手的無名指上，並且一直握住她的手。李美恩只楞楞的坐著，心裡有些慌又有些甜，她不敢看李毅軍一眼。

曲終人散了，李毅軍送李美恩回房間，在門口旁停下，李毅軍說：「美

恩，妳不許再躲著我。」，抱住她深深吻著她的唇，兩人幾乎喘不過氣來。李毅軍輕聲的說：「美恩，我愛妳，嫁給我。」，說罷，又俯身吻了她許久，才讓她進房間。

第二天一早才六點，李毅軍就打電話來，李美恩怕吵到趙心之睡覺，只好起身梳洗、整裝下樓到大廳。

「我想妳想到心痛，我不能沒有妳。」李毅軍一見面就這麼說。

拉起李美恩的手，金戒指還在她左手無名指上，「美恩，我不要別人搶走妳。」李毅軍喃喃自語。

兩人到飯店餐廳用早餐，只覺得工作人員很多，李毅軍告訴李美恩：「印尼工資便宜，所以很多地方都用很多人工，每個人都有自己專屬的工作範圍，既單純又便利，印尼人也就樂在其中。」

李毅軍又說：「在印尼兩億多人口中，華人人數大約只佔 5%，但華人卻掌握著印尼大部分經濟命脈，因此以前蘇哈托下台時，印尼經濟崩盤，曾經發生排華事件，有些印尼人對華僑不見得友善，但是隨著很多印尼外勞到台灣工作，現在交流比較多了。」

李美恩聽了許多，卻都沒答腔。

李毅軍簡直自說自話，想想乾脆找個問題：「美恩，妳到不同的旅館、不同的床和枕頭，睡眠還好嗎？有些空勤會認床，就很痛苦。」。
許久，李美恩終於迸出一句話回答他：「我還好，不想那麼多。」。
「可以到廟裡求個平安符，帶在身邊，會很心安。回台北以後，我帶你去。」李毅軍說：「我沒有信任何宗教，有個平安符是我媽媽去廟裡求給我的，要我帶在身邊。其實我是個個性單純的人，到哪兒都很好睡。」
兩人用過早餐後，就搭旅館的小巴士到印尼縮影公園玩。

印尼縮影公園位於雅加達的郊區，園內展示著印尼二十七個省的文化，林立代表性傳統住屋的建築物縮影，並對其獨特的構造詳加介紹，旅客彷如遍遊印尼全國的二十七個省，還有可以一覽許多島嶼的不同風貌。
園中最醒目的一座建築物是『金蝸牛全景式電影院』，每天定時放映"美麗的印度尼西亞"等全景電影，李毅軍和李美恩也特別等待安排欣賞，看完後，對印尼各地豐富的文化及自然資源有更深的印象。

縮影公園園區約百公頃，佔地廣大，有行駛其間的迷你電車、小巴士等，利用這些交通工具，遊覽園區十分方便迅速。

在此縮影公園內還設有蘭花園、飛禽公園、動物館物館、餐廳及游泳池。

李毅軍和李美恩在蘭花園佇足許久，欣賞那來自印尼各地深山幽谷中，風姿百態，爭奇鬥豔的各式蘭花。李美恩說著讚嘆蘭花美麗的話語，李毅軍卻只是寵寵的看著她，牽著她的手一刻也不願放開。而飛禽公園有各式各樣珍奇名貴，色彩奪目的熱帶性鳥類，讓他們兩人眼花撩亂、像小孩子一樣咋咋稱奇。

晚間用過餐後，因為第二天要上飛機打工，李毅軍才依依不捨的送李美恩回房間，在門口外的走廊，抱住她深深吻著，似乎有人來了？李美恩推開李毅軍，自己才能進了房間。

電話鈴響，李美恩接起：「Hello ？」

「是你・・・我很好，不累。」

趙心之起身去洗澡，回來後只見李美恩在發呆。

「美恩，記者男朋友打電話來？」

「對呀！」

「真是體貼，只睡兩晚，明天就回去了！這樣也要打國際電話？」趙心之笑著說。

「所以我覺得有些透不過氣來，他把我的一切安排在他的計畫中。」

趙心之問：「這怎麼說呢？」

「我的薪水一半要買他指定的海外基金，回台北上哪兒去都要聽他的主意，未來的事包括買房子，他也早有計畫。」

李美恩幽幽的繼續說：「他是記者，自以為知識豐富，見解卓越，評論很多事情，我都只能洗耳恭聽。」

「有這麼優秀的男朋友不好嗎？」趙心之不解。

「可是我喜歡有自己的想法，為什麼所有的事情都是他決定！」李美恩說。

李美恩又吞吞吐吐的說：「心之，我告訴妳一件事，妳可別告訴別人。」

趙心之點了點頭。

「有別人正在追我。」

趙心之問：「客人嗎？」

「不是，是我們公司的。」

「是誰呀？」

李美恩回答：「就是李毅軍。」

趙心之訝異的說：「他人很客氣、很斯文的樣子。」

「嗯，對呀，他長得很不錯，也很有知識。」

「妳那個記者男朋友知道嗎？」趙心之有些納悶。

「不知道，我不敢告訴他。」李美恩手指抓著床單，有些無可奈何。

「那李毅軍對妳好嗎？」

「嗯，他很尊重我，幾乎什麼都聽我的，我們很談得來。」

趙心之側著頭看了一眼李美恩，說：「原來妳看起來溫和，其實個性卻很固執？」

「可是美恩，說句不好聽的話，妳不覺得公司的男生從事服務業，比較沒學問？」

「李毅軍是 G 大外文系的，英文很好。」

李美恩吐了吐舌頭，又說：「我原本是考銀行儲備幹部，想說如果考取了，就不來 E 航當空服員。可是現在才沒多久，學校學的都已經還給老師了，商學國貿的東西差不多都忘光了。」

「妳認識李毅軍才多久？」趙心之很存疑。

李美恩說：「也才一起飛了兩趟。」

「李毅軍知道那個記者嗎？」

李美恩眨了下眼睛說：「知道。」

「那李毅軍說什麼？」趙心之很愛問問題。

李美恩微笑著：「他說他很愛我，要我選擇他。」

「李毅軍家住哪裡？」

「他家在台中，他在台北市租房子。」

趙心之說：「妳說變心就變心，也未免太快了吧！妳和李毅軍真的是典型的現代都會男女的速食愛情，可靠嗎？」

李美恩想了想回答：「應該說我和那個記者感情相處早就有問題，根本不適合。而李毅軍一口咬定是一見鍾情，我竟然就接受了他。只能說是天意吧！」

趙心之又問：「妳準備什麼時候告訴那個記者男朋友？」

「剛剛我還騙他，這趟飛回台北，和妳一起有事情要辦，叫他不要來公司接我下班。」李美恩咬了咬下唇。

趙心之有點擔心，說：「那妳打算怎麼談分手？」

「我也不知道，但我決定不再見他了。」

趙心之想了想，不懂裝懂就說：「腳踏兩條船，拖下去不是辦法。」

李美恩好像如釋重負，說：「是呀，不如快刀斬亂麻，遲早得告訴他要分手的事。我打算先跟他說我臨時被抓飛長班，躲開他，然後下個月不給他我的班表，讓他沒辦法掌控我，再寫簡訊告訴他。」

趙心之又似懂非懂的嘆了口氣：「妳雖然貌美，可是卻很樸實，妳條件這麼好，沒有想過嫁入豪門？」

「我覺得相處愉快最重要。」李美恩笑笑說。

「我看還是公司同事比較能互相體諒，也比較談得來。」李美恩繼續說：「外面的男生都以為空姐沒大腦。」

鈴・・・，電話又響了，李美恩接起：「Hello？」「是你。」

趙心之看李美恩露出甜蜜的笑容，知道是李毅軍打來的，為不妨礙李美恩講電話，關了床邊的檯燈，蓋上棉被，臉朝那頭睡了。

搭飛機從雅加達起飛後，李美恩看著窗外的湛藍天空，和朵朵白雲，心事頓時拋開一旁。人如果沒有感情束縛，是不是就可以自由自在？李美恩嚮往的是甜蜜的愛情，而不是孤單的自由。她就這樣不經思索的接納了李毅軍？真是冒險？看看天空，何必想這麼許多呢？

飛回台北，李美恩的記者男友果然沒有來接她下班，她呼出了一口長氣，還好沒來，不然她不知道怎麼面對記者男友。

李毅軍送李美恩回家，等在外面，李美恩放妥行李、換下制服，穿了件蘋果綠的洋裝出門，李毅軍吹了聲口哨。兩人一起到台北市東區的星巴克咖啡，李毅軍要李美恩寫分手簡訊給記者男友，她寫了：因為個性不合，要求分手，請不要再聯絡。李美恩心虛地連忙把手機關機，深怕記者男友打電話過來。

「美恩，我不能沒有妳，我不要別人搶走妳。」李毅軍看著她的眼睛說。

「我已經決定跟他分手了。」李美恩說。

兩人手牽手，去看了晚場電影。

次日中午，李美恩起床後，發現手機上有兩封簡訊，一封是記者前男友的，一封是李毅軍的。正猶疑著，李毅軍又打電話來了，說是馬上

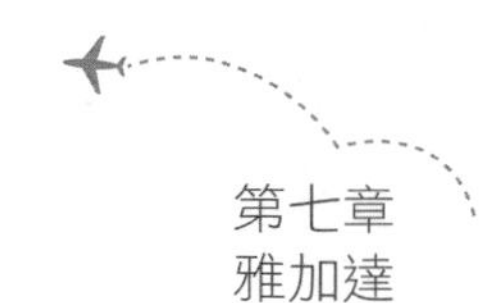

來接她出去，李美恩於是準備出門，她選了一件米黃色的洋裝。

李美恩選了家小館，作主的點了兩樣菜，兩人用了午餐。

「美恩，妳幫我保管。」李毅軍拿出銀行存摺、郵局存摺及提款卡交給李美恩，說：「錢交給妳管，這提款卡密碼是妳的生日，是我最愛的人的生日。」

「不要，我不要。」李美恩拒絕他。

「美恩，收下，我要你幫我管錢。」李毅軍硬塞給她。

「你要付房租和吃飯怎麼辦？」李美恩問。

「我用 per diem 換新台幣就好了，有兩三萬夠用了，萬一不夠再向妳伸手。」

「我列印在這張紙上面：我在銀行網路申購基金的明細，每個月定時定額扣款，年終獎金做單筆申購，我是有研究的，妳可以參考，反正都歸妳管。」

李毅軍握住李美恩的手放在自己的左胸前，說：「妳不但管我的錢，也管我的人，還要管我的心。」

李美恩抽回手，微笑著說了句：「真拿你沒辦法。」

兩人甜蜜的相依相偎，走到廟宇行天宮拜拜，祈求平安符。

「美恩，出國隨身攜帶平安符，會讓妳睡的安心，尤其在東南亞國家，聽說有人會碰到有些不乾淨的東西。」

「我也聽學姐說過被鬼壓床的事。」李美恩說。

「這世間哪有鬼？不要迷信謠言，妳們女生很容易自己嚇自己。」李毅軍說：「有個平安符就安心了。」。

兩人戀戀不捨，直到夜晚，才回家。

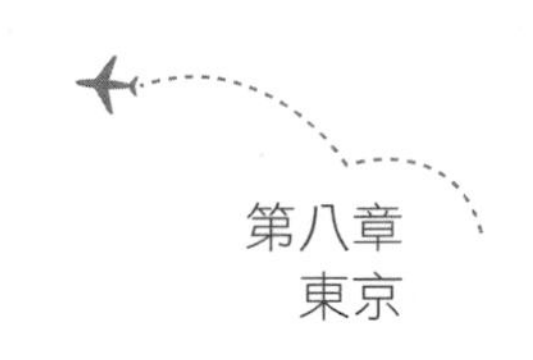

第八章　東京

E 航日本和夏威夷航線有許多日本客人，所以公司也招募了幾十位日本籍女性空服員，以便用日文和旅客溝通。公司的日本小姐大都化妝得體、彬彬有禮，工作十分認真。

這次飛東京，趙心之遇到了男空服員張志明。

錢玉薇嘰嘰喳喳的說：「心之，妳和張志明有點像是夫妻臉。」

張志明說：「那有像？趙心之漂亮多了。」

趙心之不知為何馬上臉都紅了起來。

張志明給人第一印象就是老實，有種純樸的鄉下人的氣質。臉面五官很是普通，身材倒是挺拔健壯，一看就是台灣南部人，但就是令人感到安心自在。C 大機械系畢業，喜歡飛機，沒去考地勤維修，倒是考上空服員。

趙心之因為日本旅客常用手指戳她腰間，心裡有些毛躁。又遇上氣流不穩定，在送餐時忽高忽低的感覺，又有些想吐。走趟詢問是否要咖啡的時候，趙心之竟不小心倒了些許咖啡在日本客人身上，還好同飛的公司日本小姐前來用日語解釋和不斷的道歉，又送了客人洗衣券，這才沒什麼事。

組員在東京成田國際機場出關後，只覺得日本空氣清新，街道乾淨。搭巴士到旅館，工作人員有禮貌、很勤勞、又整潔，實在是很有敬業的精神。進到房間，也是乾淨整潔，連馬桶都放了已清潔完畢的紙條。房間雖小，但就是令人覺得舒適，打開電視，NHK 精緻的節目放送著。

難得班排在一起飛，馬文萍和錢玉薇沐浴完畢，穿著日式睡袍，跑進隔壁趙心之和何康瑜的房間聊天。
馬文萍提議：「我們來看付費台的影片。」
錢玉薇一邊笑著說：「妖精打架，有啥好看？」，一邊卻最早起身去拿電視遙控器。
趙心之戴上近視眼鏡，好奇的說：「我都沒看過。」
馬文萍笑罵：「真有夠土的，有些學姐飛美國線時，還去看大根秀呢！」
看完影片，錢玉薇居然說：「打了馬賽克。」大家笑了好一會兒。

「日本女人好像很開放？很享受性愛？」馬文萍說：「公司有個大哥

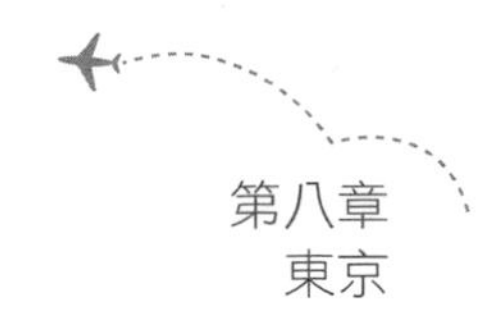

追到公司的日本小姐，他說平常不是用英文，也不是用日文溝通，都是用 body language。」

大家一陣笑聲，錢玉薇說：：「文萍，妳真是 E 航的八卦女王。」

「某個航醫會伸鹹豬手、性騷擾，亂摸女生乳房說是檢查乳癌。」馬文萍繼續說：「公司有個日本小姐還被騙到脫光光，檢查肛門。」

「這個謠傳吧？太誇張了。」錢玉薇說。

何康瑜說：「有客人硬塞我名片，叫我一定要跟他連絡。」

「別理他，聽說公司有學姐就是打電話給客人，約出去吃飯，結果差點被強暴。」馬文萍說。

「對，不要跟旅客聯絡，給他們公司空服處電話就好。」錢玉薇說。

第二天一早，大家在旅館餐廳用早餐，錢玉薇力邀張志明一起出遊。

「不好意思，我對逛街沒興趣。」張志明囁嚅。

「我們不是逛街，是到處走走，趙心之也一起去。」錢玉薇有作媒的意味。

「好。」張志明點點頭，偷看了一眼趙心之。

大家先到「上野公園」。園內有美術館、博物館、動物園、文化設施、史跡和銅像等。每年春天，櫻花樹盛開迎來眾多的賞花客人。動物園中有熊貓，何康瑜和趙心之喜歡極了。上野公園還有一個美麗的湖，裡面有天鵝，他們一行人沿著湖岸散步，許多樹木高高低低林立著，景致十分秀雅，大家拍照留念。

接著又到原宿逛逛，搭地鐵在「原宿車站」下車。原宿屬於年輕人的天下，這裡有許多經濟的飲食店、新潮的服裝店，每到例假日此地更是擠滿了服裝怪異的年輕人。

明治神宮由原宿車站徒步大約 5 分鐘即達，循入口大道前進可經過古式牌坊，明治神宮內的舊御苑及寶物殿，維護的很好，大家虔敬拜神，買紀念品，又拍了許多照片。

代代木公園也在原宿車站附近，據說曾經是東京奧林匹克運動會時的選手村，但是樹木很多，園地廣闊，大家走得很高興，還看到不少烏鴉亂啼？

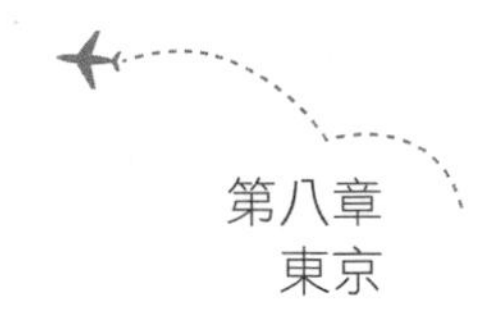

錢玉薇提議到東京塔看富士山，於是一行人又搭地下鐵在「神谷町」站下車，再走路 10 分鐘。東京鐵塔高 333 米，設有餐廳、名店街、蠟像館、水族館等。此外尚設有展望臺，可眺望東京市區、東京灣，在天氣晴朗時更可以遠觀富士山。

東京晴空塔（TOKYO SKYTREE）所公認唯一的旅行代理店的東武 TRAVEL 提供日光，鬼怒川以及日本最有趣的觀光景點東京晴空塔的旅遊。

除了從東京晴空塔展望台（350m）眺望觀賞之外，花短短的 2 個小時，乘坐東武鐵路從淺草出發，可以訪問世界遺產、金氏世界記錄以及米其林指南的 3 星級的日光地區。

一路上，張志明因為個性憨厚內向，並未和趙心之攀談幾句，只是默默的跟在四個女生後面，尤其是一直幫著四個女生照相，傻傻的微笑著。

這趟東京之旅並不是女生的採購行程，但真的是豐富盡興，每個人回飯店時都覺得今天走了好多路，可以睡得香甜。

組員到成田機場上飛機後，在準備起飛前作業時，東京日本人地勤工作人員都戴著白手套工作，點交時清清楚楚，工作敬業又認真負責。東京上的餐點也格外精緻，主餐牛肉和魚都新鮮可口，日式煎茶清香芳郁，連空服員心情都好起來了。

從東京回台北的旅程上，馬文萍發現當紅的青春玉女偶像也在飛機上，連忙奔走昭告所有空姐，大家找空檔去和青春玉女偶像合照。她本人比電視印象中瘦小，臉上的粧化得非常專業，氣色極佳、五官立體、顏色協調，人也很有耐性的一一和每個空服員合照。

趙心之看看青春玉女偶像，再看看何康瑜，兩者都很貌美，但是何康瑜就少了社交手腕和一份機心，也許也少了一份才藝。算了，也不是人人都能當明星，何況表面光鮮亮麗，背後付出心力有多少？普通人也可以過得很快樂，像他們空服員環遊世界也是一般人非常羨慕的。

趙心之卻發現有兩位電視新聞主播也在飛機上，一位女主播衣著是專業的套裝、髮型和化妝都很簡單俐落，另一位男主播一上飛機就座後，就打開書本來看。趙心之不去驚動他們，只默默的觀察著也算是小有知名度的主播，身為公眾人物如果被認出來，是高興、是驚訝、是無奈、

還是不耐？應該是有幾分得意吧？

不過從事服務業本來就只是一份工作、一份薪水而已？普通人哪裡能有什麼事業心？尤其女孩子總要找到感情歸宿？趙心之這麼質疑著，但是面對社會名人，像報紙記者、電視主播之流，她內心深處還是希望自己將來也能在社會上小有知名度。為什麼看不透虛名？那也是一種自我成就感的肯定吧？人生的意義是什麼呢？趙心之推著餐車收著餐盤，還是越想越不明白。

第九章　夏威夷

李毅軍特地去找組員勤務中心的排班先生，再三拜託，申請預先安排了一班和李美恩同飛夏威夷。

兩人上月底拿到這個月的飛行排班班表後，在台北約會相聚時，一對彼此班表，都很興奮，期待著一起到夏威夷有個浪漫的旅程。

坐在台北的星巴克咖啡裡，李毅軍說：「美恩，我們一起去夏威夷度蜜月。」

李美恩嬌嗔：「誰說要嫁給你。」

李毅軍說：「美恩，叫我老公。」

「我才不要。」

「美恩，叫我老公嘛，叫嘛！」李毅軍伸出手握住她的手。

李美恩聲音很小的說：「老公・・・公。」

「什麼？妳叫我老公公，那妳就是老婆婆，我們會一起活到很老。」李毅軍側著親了她的臉頰一下。

「美恩，我不要別人搶走妳，我不能沒有妳。」李毅軍喃喃自語。

第九章
夏威夷

喝完咖啡，李毅軍帶著李美恩去房屋仲介商看房子，說是準備要結婚用的。小倆口果然很認真的看資料、聽解說，李美恩這才了解成立一個家並不容易，他們的存款根本不夠在台北市買房子的自備款，買新北市的嘛，上班又不方便。李毅軍倒是很心急，說是結婚可以先租房子，他可不想拖的太久。

出了房屋仲介商店以後，「E 航同事很多都住在台北市東區吧？」李美恩說：「可是房價真的很高，連租金都很貴。」

「我是個窮小子。」李毅軍說。

「不要這麼說。」李美恩看看李毅軍。

「我會找些兼差來做，譬如翻譯英文書。」李毅軍說。

「你不要心急嘛。」

「可是我怕別人把妳搶走，我不能沒有妳。」李毅軍吐露心聲。

「你怎麼老是說這些？」李美恩有些不耐。

「美恩，妳不會嫌我窮吧？」

「我從來不是個愛慕虛榮的人，再說我們可以找桃園的房子，離機場近。」

「妳跟著我，我們兩人要一起奮鬥很多年，但是我不會讓妳覺得辛苦，我會給妳幸福的。」李毅軍很誠懇的說。

這趟飛夏威夷，因是長途飛行，為減少旅客疲勞，E 航還提供耳機、播放時令的電影，另提供毛毯、枕頭、牙刷、刮鬍刀、拖鞋供乘客使用。空中服務優劣對航空公司形象影響很大，各航空公司均竭誠提供最佳服務，使人人有賓至如歸的感覺。

空服員工作地點是在飛機機艙內，活動範圍非常有限，有些越洋國際線，因飛行時間長，且旅客人數多，服務項目及要求繁雜，都須有賴空服員耐心處理、解決。有時空服員會說旅客是坐飛機到美國，而空服員是一路走到美國。還好上飛機換的是低跟鞋打工，女性空服員都穿彈性襪，以避免靜脈曲張。

一到檀香山，犧牲睡眠，步出旅館，李毅軍牽起李美恩的手，一路走到著名的 WAIKIKI 海灘。平緩延伸的白色海岸線，波光粼粼的蔚藍海面，頭上時而強烈、時而柔和普照的陽光，腳下細細白白、不軟不硬的沙灘，還有美麗的 Rainbow Building，彎彎的彩虹巨畫，童趣而純真。遠處迎著海風搖曳的椰子樹，真是宜人舒爽。

WAIKIKI 海灘上有很多人，各色人種都有，美國人、日本人居多，大部份都是情侶，有些身穿泳裝，有些穿著短褲 T 恤，盡情享受著甜蜜

愛情。

李毅軍在沙灘上寫字『I LOVE YOU』，李美恩笑著走開，李毅軍追上前去，在沙灘上抱住她接吻。

「美恩，妳真的好美！」

「美恩，我愛妳！」

「美恩，嫁給我吧！」

李毅軍眼中只有李美恩，根本看不到海灘上還有別人。

夕陽逐漸西沉，李毅軍帶著李美恩到海灘邊 HILTON HOTEL 的露天酒吧喝飲料，他要點兩杯雞尾酒，李美恩不肯，於是換了兩瓶法國氣泡水。

回到海灘，才發現景觀顏色基調完全變了，天空上半是暗藍色的，在往下是亮灰色，即將落下海平面的夕陽則散發出黃色橘色的光暈，大海便成了深紫藍色。

人們在逐漸來臨的夜幕中變得身影模糊，遠方火把式的照明設計，產生了濃郁的歡樂氣氛。

他們倆手牽手坐在沙灘上，看著夕陽西落，聽著海潮起伏，吹著海風習習，真希望地球就此停止轉動。

夜幕低垂，李毅軍帶著李美恩回旅館，說：「美恩，我們到我房間坐坐。」

李美恩說：「我不要，我要回房間了。」

「來嘛，坐一下就好。」李毅軍堅持，帶著李美恩回到他的房間，反鎖了房門。「美恩，妳實在太美，我很怕別人把妳搶走，我不能沒有妳。」李毅軍望著她的眼睛這麼說。

他吮吸著李美恩柔軟的嘴唇和彈性的舌頭，又用手掌握住她的乳房，想要解開她胸前的鈕扣。李美恩拿開他的手，輕聲說不。

「我好愛妳。」李毅軍聲音低啞的說。

李美恩抽不回手，嬌羞的說不出話來。

次日，李毅軍帶著李美恩搭旅館的旅行團一日遊，搭上巴士，導遊用英語和日語介紹著：夏威夷群島是地球上的新生陸地，這一系列海底火山，在亙古來的板塊運動中噴發，熔岩不斷堆積凝固，形成今日所見的模樣。持續不斷的火山爆發，仍在夏威夷島嶼進行著，成為另一種觀光勝景。李毅軍以托福高分的英文水準，翻譯導遊的介紹給李美

恩聽，李美恩心裡覺得很佩服他。

「珍珠港」是因美國太平洋艦隊基地港口而聞名，首先會觀賞珍貴的記錄影片，然後參觀第二次世界大戰時被日軍炸沈的「亞利桑納號」主力艦之殘骸。蔚藍的天空、湛藍的海水，珍珠港港口風景秀麗。

觀光巴士行經檀香山市區，街上行人仍然像是在度假，不知上班族穿什麼衣服上班？空氣裡就是多了一份悠閒輕鬆。參觀當地建築外觀相當典雅，名勝古蹟有：皇宮遺址、最高法院、銅像、州議會、州長官邸等等。民房多是白色建築，有濃密樹蔭、有青綠籬芭、處處可見天堂鳥。

下午，李毅軍帶著李美恩去 HANAUMA BAY 潛泳，海裡有些熱帶魚游來游去，好玩極了。沙灘上許多人在做日光浴，棕櫚樹隨風搖曳著，一望無際的海平面，難怪許多日本人都愛來夏威夷度假。

檀香山有許多好的餐館：日式料理、韓國燒肉、美式炸雞、中國餐廳，一應俱全。李美恩說吃中國菜，他們便到一家廣東餐廳，是香港華僑開的，有燒臘、有粥品、有炒飯。

晚間，李毅軍又帶著李美恩回旅館他的房間，反鎖了房門，李毅軍先脫下自己的衣服後，他的身體緊貼著，動手解開李美恩的洋裝，又用嘴含著李美恩的唇，說不的聲音都被淹沒了。李毅軍輕撫著李美恩柔軟彈性的乳房，用手指頭摩擦著她胸前的蓓蕾，吻著她豐潤香甜的嘴唇，讓李美恩意亂情迷。

「美恩，我愛妳。」

李毅軍雙手緊抱住半推半就的李美恩，堅定的前進、佔有。

李毅軍緊緊擁抱著李美恩，吻著她的臉頰說：「美恩，妳是我的了，我會給妳幸福的。」。

另一對情侶，韓瑞奇則帶著何康瑜到「玻里尼西亞文化中心」參觀。裡面有夏威夷的當地傳統文化，土著女生頭戴花圈，留著烏黑長髮，身材渾圓，胸前垂著花環和貝殼項鍊，手腕上也有小小花環，腰間繫著棕櫚葉編製的草群，笑臉迎人脫口而出：阿囉哈。土著男生也是把棕櫚葉短草群繫在腰間，帶著貝殼項鍊，手裡拿著鼓棒，敲打著大鼓。百分百的曼妙舞蹈、十足十的熱情笑臉，使人覺得舒暢快意。許許多多的棕櫚樹讓人忘了驕陽，擁擁擠擠的外來客讓人忘了時間，這就是適合相偕同遊的浪漫島嶼：夏威夷。

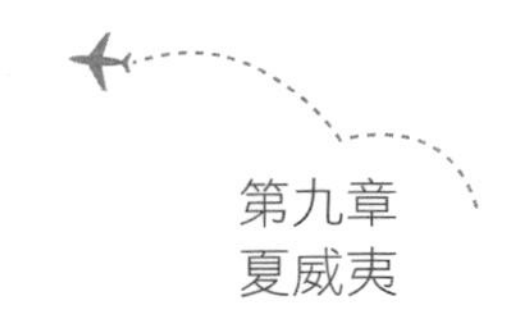

韓瑞奇替何康瑜拍了一些照片，買了一對夏威夷土著木偶，很是有趣。

聽見流利的日文竟從金法碧眼的美國人口中說出，何康瑜不免驚奇。

何康瑜說：「夏威夷其實應該翻譯成友誼的誼，而非蠻夷的夷，因為他們很重視朋友情誼，把觀光客都當成朋友，很熱情。」

韓瑞奇打趣說：「也許應該翻譯成夏威宜，適宜的宜，宜家宜室的宜，這裡很適合退休定居，也很適宜談戀愛、度蜜月、度假。」

次日早晨，韓瑞奇又帶著何康瑜到檀香山的高爾夫球場散步，天藍的無一絲灰暗，是一種正藍色，地上碧草如茵，都是種高級的韓國草，總之視野宜人。

太陽較大了，兩人就到購物中心享受逛街的樂趣，走累了，鑽進電影院吹冷氣，看場電影也很有意思。

兩人索性再散步到檀香山的免稅店，店裡川流不息的日本客，英日文雙語標示。一個比一個白晰的日本女生，無論年輕年老，似乎在夏威夷都曬不黑，原來都跑到免稅店裡買化妝品，防曬、保養、修護、滋潤、當然都是為了肌膚美白。另外名牌香水也是購物焦點，只聞到每個專櫃都有人在試噴香水，何康瑜買了一款經典的 DIOR 香水，是玫瑰花香味，她喜歡淡雅自然的清香。

已近黃昏，韓瑞奇帶著何康瑜一路走到著名的 WAIKIKI 海灘，欣賞日落，回頭看看 Rainbow Building，灰色朦朧中仍看得出彎彎的彩虹巨畫，可愛又美麗。

「難怪很多日本人都希望一輩子能來夏威夷一次。」何康瑜說：「到夏威夷真的氣氛很悠閒，很有身心放鬆的感覺。」

「是呀，今天走了一天的路，我還沒聽妳說累呢！」韓瑞奇笑笑。

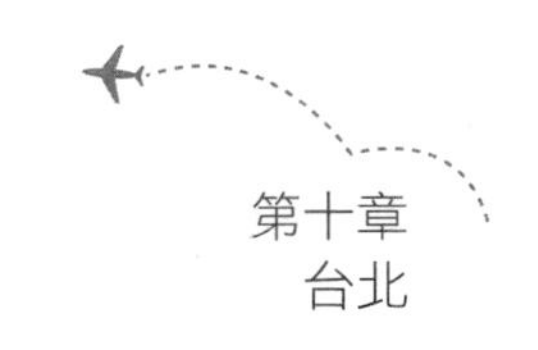

第十章　台北

空服員回到 E 航公司基地 Home Base 的時間，每個月大約有十天。有人陪家人、有人睡大頭覺、有人找朋友、有人開店，因為時間不固定，所以要上課很難，只能靠自我進修。
有時連臺灣的新聞時事也不知來龍去脈，與台北社會的關係是若有似無，更別說有什麼互動。但是空服員三天兩頭就要出國，環繞地球，仍是台北最好，有家鄉的熟稔和人情。

畢竟 Home Base 在台北，連 E 航雇用的日本小姐們也漸漸習慣了台北嘈雜的生活環境，至少消費比日本便宜些，但是她們感覺還是喜歡日本的料理和物品。
有人覺得在國際大都會中，台北市容既髒亂、街道狹小、人口又擁擠，沒有吸引力。不過也有人覺得台北具有中華文化內涵和人文素養，很可以發揮特色魅力。

李美恩被空服處長官推薦給總公司選去拍 E 航電視廣告，也上了 E 航雜誌封面。這天拍廣告時，因為李毅軍正好在台北，於是便陪著李美恩。拍了十多遍才拍好，李美恩自始至終都笑容燦爛、氣質優雅。

回到李毅軍的租屋處，他迫不及待的吻了又吻李美恩。

「美恩，妳實在太美了，妳是屬於我的。」

兩人脫去衣服，李毅軍吻如雨下，手掌輕撫乳房。

「美恩，我好舒服，我好愛妳。」

兩人抱著睡了兩個小時，醒後李毅軍又占有了她一次。

兩人出門吃飯，在餐館裡，有一名自稱是傳播公司戲劇導演的人過來攀談，請李美恩去電視台試鏡。李美恩看看李毅軍，只說自己對拍戲沒有興趣，拒絕了，連對方的名片也擱在桌上，沒有細看。

航空公司會要求空服員每年在基地複訓和體檢。

輪到排定航醫中心的體檢，趙心之想到聽說某個航醫會性騷擾，心裡有些忐忑不安，所幸碰到李美恩一起排隊體檢，有個伴。

「美恩，妳和那個記者男朋友分了？」

「嗯，好可怕，他一直打電話到我家，要找我談判。」

「李毅軍對妳好嗎？」趙心之問。

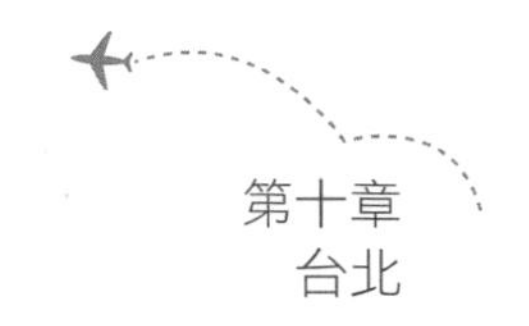

「他對我很好，他還教我英文會話，又把錢都交給我管。」李美恩說。

「定下來就好。」趙心之有感而發：「公司男生眼光真是厲害，都挑漂亮又溫柔的女生，像李毅軍追妳，韓瑞奇追何康瑜。」

第二天一大早，趙心之便匆匆趕赴 E 航訓練中心複訓上課，課程是複習飛機上緊急逃生訓練課程，逃生門及緊急裝備介紹操作，還有考試。張志明也排了同一天複訓，兩人便坐在一起上課。

「公司招考培訓飛行機師，我打算去報考。」張志明說。

「你是 C 大機械系畢業，英文又好，應該沒有問題。」趙心之鼓勵他。

晚間張志明請趙心之吃飯，是一家素食餐廳，頗為典雅。

「其實我以前訂過婚，是鄰居女孩，可是我當兵的時候，她另外交了男朋友，連我的面都不肯見。訂婚送了女方三萬多元的金飾，我媽說已經送給人家了，不好意思再要回來，就送給她了。」

趙心之覺得有些好笑，又不好意思笑出來，只能悶聲不響。

「如果考上培訓飛行機師，E 航會送我們到美國的飛行學校受訓一年。」張志明說：「趙心之，妳又有些什麼打算呢？」

趙心之想了想說：「我沒錢出國唸書，大概會考國內的研究所。」

張志明說：「妳想讀什麼呢？」

「新聞，我想當記者。」趙心之吐露心聲。

張志明說：「有理想就要去做。」

接到江東平的電話：「玉薇，快到新天地餐廳，王知行、韓瑞奇、何康瑜都在。」，錢玉薇一聽有王知行在，馬上答應，迅速換了件素淨高雅的淺紫色洋裝，擦了蜜粉、抹了口紅、照鏡子調好儀容，才出門攔了部計程車。

「玉薇到了，我們都在等你呢！」江東平說。

錢玉薇說：「等很久了嗎？」

江東平說：「不會，平常要在台北一起吃飯也不容易，大家都飛出去了。」

錢玉薇說：「王知行，真難得參加聚會。最近在看些什麼書？」

王知行說：「『第五項修練』，我原以為是宗教的書，結果是幾年前出版的企業管理的書。提倡一種新的視野，書裡總共提出五項修練：自我超越、改善心智模式、建立共同願景、團隊學習、系統思考。」

江東平半調侃半真話：「王知行讀書都有做筆記的習慣，很會歸納重

點。」

錢玉薇看著王知行，問：「是像組成讀書會那樣嗎？」

王知行說：「不只是讀書會而已，所謂的『第五項修練』，就是指『系統思考』這一項。作者彼得 · 聖吉認為：組織成員不斷以全新、前瞻、開闊之思考方式，大家一起學習如何達成共同願景，這就是『學習型組織』。」

錢玉薇衷心的說：「我們跟你在一起，真的學到很多。」

韓瑞奇替何康瑜夾菜，江東平率先發難：「唉！好一朵鮮花．．．．」只見韓瑞奇不疾不徐的接腔：「有了養份！」，再氣定神閒的說：「化作春泥更護花！」

席間江東平為炒熱氣氛，說了個笑話：「從前從前，三國時代，劉備和孫權兩方隔空對峙，雙方卻又都怕曹操突擊。有一天，張飛就和劉備報告：『今日由俺張飛帶兵出擊，絕對讓孫權大敗，返回江東。劉備說：『可』。於是張飛就騎上馬帶兵到陣前向孫權喊話。這方孫權見到張飛出陣，心裡有些害怕。不料身旁小喬開口：『主公，今日且由奴家出面和張飛周旋，看看是否能夠和談，對雙方都好，以免中了曹操的奸計。』江東平說到小喬還特地捏細嗓音，又比了比蓮花指，大家忍俊不住。

江東平繼續說道：「張飛在陣前等了好一會兒，鼓聲響起後，才看到小喬出列。張飛一見是個娘們兒，也不好立刻進攻，於是就耐住性子等著看動靜。小喬舉起纖纖玉指，比了個五字，那張飛搖了搖手。小喬又舉起纖纖玉指，比了個三字，那張飛似乎想想拍了拍雙腿。小喬再舉起纖纖玉指，比了個一字，那張飛終於點了點頭。兩人就調頭策馬回營，好稟報主帥。」

江東平喝了口水，又繼續說道：「這邊小喬回報孫權：『主公，奴家和張飛已達成協議，明日和談。』孫權：『怎麼說的？』小喬說：『奴家比了個五字，表示騎兵五天內先撤軍，張飛揮揮手表示等一等。』小喬又說：『奴家又比了個三字，表示步兵三天後拔營行軍回鄉，張飛拍拍腿表示步兵可以健行。』小喬再說：『奴家再比了個一字，表示明天雙方主帥和談，張飛點了點頭表示沒問題。』」

江東平眨眨眼，再繼續說：「這邊張飛回報劉備：『大哥，孫權操他奶

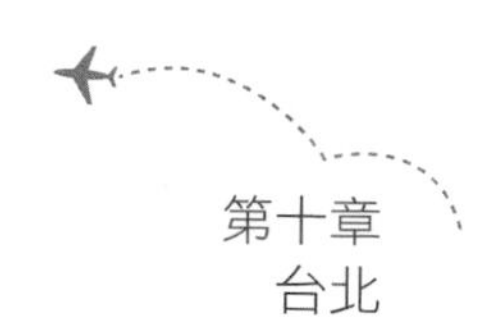

奶的派了個娘們兒來，俺已經和那娘們兒達成協議，明日和談。』劉備：『怎麼說的？』張飛說：『那娘們兒先是比了個五字，表示一天要行房五次，俺揮揮手表示沒辦法。』張飛又說：『那娘們兒又比了個三字，表示改成一天要行房三次，如何？俺想了想拍拍雙腿表示腿會軟。』張飛再說：『那娘們兒再比了個一字，表示改成一天行房一次就可以，俺點了點頭表示沒問題。』」

用過餐後，韓瑞奇帶何康瑜到自己和友人投資合開的精品店逛逛，店面雖然不是很大，但是化妝品、皮包都有。

「你想買個包包送女朋友？」韓瑞奇過去招呼一位男客人。

「對，女朋友生日，可是我不知道選什麼好。」客人說。

「這是 E 航的空中小姐，眼光最好了，叫她幫你選一個。」韓瑞奇拉來何康瑜。

「這個 PRADA 的包包，不錯，很實用，上班、逛街都可以。」何康瑜對男客人這麼說。

於是男客人掏出皮夾、拿出信用卡結帳。

等男客人離去，「康瑜，這麼會賣東西，妳乾脆來當老闆娘好了。」韓瑞奇開玩笑說。

「妳幫我做成了一筆生意，我想送妳一個皮包，妳自己選。」韓瑞奇要送她皮包，何康瑜倒是不好意思，在韓瑞奇溫柔的堅持下，她選了一個 PRADA 的包包。

「妳的眼光好，妳選的，我看我還要多進點貨。」韓瑞奇笑笑這麼說。

韓瑞奇一定要送何康瑜回家，就像他今天稍早去她家門口等她，接她出來參加聚餐一樣，用的雖然是商量請求的口吻，但是韓瑞奇心裡早已認定一切，包括感情方向、相處細節、個性磨合，甚至是未來經濟。

如果說李美恩像是一朵清純秀雅的蓮花，任何世俗干擾不到她，蓮花只和蓮葉相依相偎在池塘中，悠悠閒閒、自自然然的綻放著。

那何康瑜就像是一朵鮮豔欲滴的玫瑰，需要人呵護，施肥、澆水和除草，甚至是被擺入花房溫室裡以避免風吹雨打。

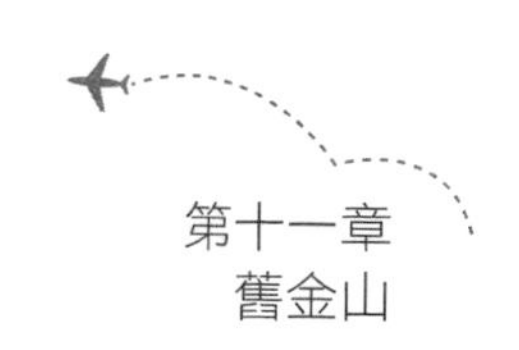

第十一章　舊金山

空中服務員雖然只是一個高級服務生的工作，但是總有人說：這是一個可以飛上枝頭作鳳凰的機會。這大概說的是美國航線的勤務吧，尤其是在頭等艙和商務艙的旅客中，空服員有些許的可能性認識所謂的：企業家、財團第二代、外商公司高階經理人、電子業公司董監事、高科技公司大股東、或是有錢的華僑？可是嫁入豪門真的是每位女孩的夢想嗎？

這趟飛行到美國舊金山，長達十個小時，空中廚房裡，李美恩和李毅軍站在一起用餐，不時看看對方，這個畫面像極了一對漂亮的愛情鳥，互相幫對方叼啄整理羽毛，在鳥籠中相依相偎。

馬文萍看見李毅軍為李美恩輕輕按摩肩膀這一幕，又聽他們還彼此說著悄悄話，於是趁著服務流程告一段落，跑去問趙心之：「他們兩人在談戀愛？」

「哦？」趙心之不好透露實情。

「那李毅軍不是在台北市租房子嗎？」馬文萍問。

「好像是吧。」

「帥是帥，可是要錢沒錢、要房子沒房子，光人一個，這樣，李美恩也要他？」馬文萍搖搖頭，一付不以為然的樣子。

「愛情至上、愛情萬歲！。」趙心之半舉起手，感覺卻有點搞笑。

「以前公司也有一對同事談戀愛結婚，男的俊、女的美，好一對金童玉女，可是買了房子、生了孩子之後，還是為錢吵架離婚了，因為房子買得太貴，房貸太多了，影響生活品質。」馬文萍談著八卦。

「這樣就要離婚？」趙心之想不通。

「唉，我真是對牛彈琴，妳要嫁給金龜婿，恐怕得等下輩子才會開竅。」馬文萍搖搖頭走了。

這趟飛行，有好幾個男的旅客硬塞名片給李美恩，有個年輕人還跟進空中廚房要求給個連絡方式，李美恩只淡淡的說自己現在正在工作。又有個老先生說兒子在美國唸書，要介紹給李美恩，嘟嘟囔囔了好一會兒，馬文萍看這樣下去不是個辦法，於是趨向前告訴老先生留個電話，她們落地後會找時間打電話向他老人家請安，才結束了這段可以說是＜公公看中準媳婦，愈看愈有趣＞的戲碼橋段。

還有個頭等艙男客人更誇張，一上飛機就詢問座艙長，非要親自見到

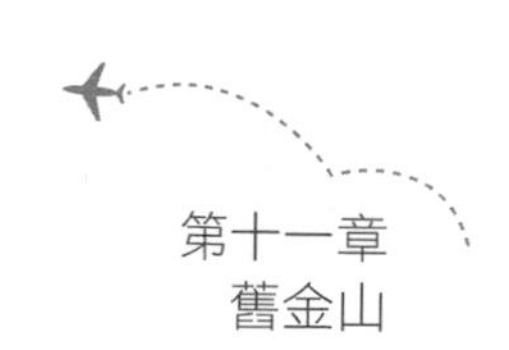

這名拍廣告的空姐，終於等到賣免稅煙酒時，看見李美恩果然清秀佳人，不但連呼值得，還一定要和她合照，像是瘋狂的粉絲一樣。

馬文萍見此場景，只撇撇嘴角，心裡獨白：頭等艙的客人耶，看樣子穿的是名牌西服，可是未免太沒格調了。

李美恩都一貫保持淺淺的笑容，一句話也不多說。現在她心裡只有李毅軍的愛情，甜蜜又濃烈，她知道自己已經找到人生的伴侶，再也不會看其他的男人一眼，無論是多有錢的富豪，都不可能改變她的愛情。

看著李美恩忙著應付旅客的交友要求，馬文萍又去告訴趙心之：「曾經有商務艙的旅客見到空姐就遞名片，今天約 A 小姐出去玩，明天帶 B 小姐去吃飯，所以要小心這種花花公子。這可不是八卦，是必須知道的常識。」

趙心之這趟飛行，幫了好幾位到美國探親的老先生、老太太填海關申報單，肉類、肉類製品、水果、植物和種子均不得攜入。有位老先生還說要幫趙心之寫讚美函呢，她覺得在飛機打工，有時也會有些小小的回饋？

組員在舊金山國際機場出關後，搭巴士到旅館，因為是近中午了，一路上通行順暢。

李美恩和李毅軍出門遊玩，走在舊金山起起伏伏的街道上，有趣極了，年輕就是本錢，不知不覺走到漁人碼頭，看海、看船、看海鷗、看街頭藝人表演，還吃了當地特產的水煮大螃蟹。兩人手牽手散步，有時會情不自禁的接吻，像是世界上最幸福的情侶。無意中，羨煞一堆旁觀的人們，誰都覺得該談個戀愛了？

有名的三藩市電纜車保留十九世紀古色古香的味道，是一大觀光特色，路線沿著平緩的坡地修築而成，旅客坐電纜車，隨車起伏，還有叮叮噹噹的聲響。因為沒有玻璃，或坐或站就攀附在車邊，大家都很興奮，還可以和路上行人揮揮手說聲嗨，舊金山人民對觀光客十分友善，總會對電纜車旅客回應笑容，別有一種人情味。

李美恩和李毅軍隨興的散步在街上，路旁有許多小花圃，花朵繽紛可愛，樹木造型優雅，兩旁都是維多利亞式像是童話故事般的房舍，窗戶垂掛著蕾絲紗質的美麗窗簾，顯得十分浪漫，真令人想在此處購買

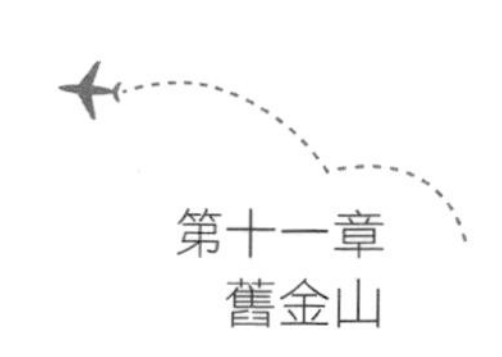

一座小屋定居，有個溫馨的家庭。

舊金山的天氣雖說是偶而也有陽光照射，但是清晨和入夜後十分寒冷，日間有時也覺得涼意，是一種舒適清爽。欣賞舊金山市區風光，街道兩旁的建築物多半都很典雅，以灰色的西班牙式居多。

壯麗的金門大橋已成為舊金山最耀眼的地標，彷彿長虹般橫跨金門灣上。有時會在雲霧中變得隱隱約約，現代感中又帶有藝術感，卻偏偏又是許多車輛往來頻繁的高架大橋。
入夜後的舊金山，山坡上密密麻麻的家家戶戶都亮起了燈，有一種其他城市看不到的瑰麗景觀，起起伏伏的地形，無論是白天或黑夜，都讓舊金山有獨特的美感。

Y 大學姐硬是要幫趙心之介紹一個留美電腦工程師，是 T 大的，資訊工程系畢業，非常優秀，她不好拒絕，就答應了。介紹人跟對方談好，趙心之飛到舊金山就碰面彼此認識一下。

到了旅館房間，電腦工程師打電話來，約了時間到旅館大廳見面。那人倒是斯文有禮，帶著一束鮮花，他一眼就看出趙心之。

電腦工程師開車帶趙心之到史丹福大學參觀，果然是美國長春藤名校，建築物外觀雄偉氣派、校園廣闊乾淨，三三兩兩的學子書卷氣濃厚。

「T 大在舊金山灣區有校友會，有時大家聚餐、有時開 PARTY，有時打籃球、有時打壘球、感情分外融洽，很多華人工程師和企業家在矽谷都很成功。」電腦工程師這麼說：「我已經在矽谷附近買了房子，就快要搬進去。」

電腦工程師台北家裡是大安區精華地段的高級住宅區，父親是某大企業的高層主管，他自己是從高中就開始打高爾夫球的。

電腦工程師對趙心之似乎相當滿意，央求介紹人學姐說項，甚至於男方母親說了，女方家裡窮些沒有關係，只要長相清秀、個性溫柔就好。

大概是矽谷地區太多適婚年齡的男性工程師都找不到對象，這位優秀的 T 大高材生並不挑剔趙心之的家世和嫁妝，真的可以說是很誠懇的找個伴侶共組家庭，也表達了願意供她在舊金山求學深造。

也許是年輕不懂事，趙心之並沒有把握這麼好的機會，因為才飛了兩

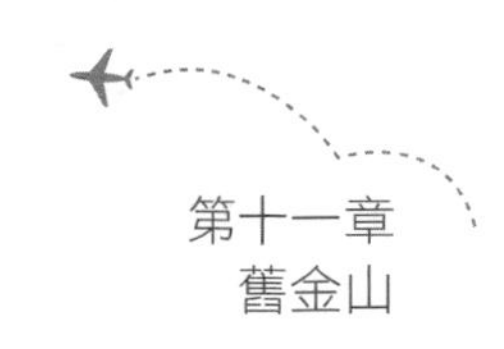

年，還有很重的財務負擔，她的家境並不好，父親已經退休，母親體弱多病，家中還有房貸要交，弟弟正在求學。她是家中的經濟支柱，如果嫁到美國，家裡房貸怎麼辦呢？趙心之心想不可能結婚後還每個月固定金額接濟娘家，自己在美國恐怕一時之間找不到工作，不但沒有嫁妝，老是伸手更不好意思，還是不了了之算了。

趙心之幾乎不太亂買東西，除了給父親買的英國煙，偶而帶瓶洋酒回家，自己是很節儉的，在某些外站為了省下一餐十幾二十元美金，時常用三洋鍋煮泡麵吃。不像有些空服員大半薪水全買了名牌，因為比在台北買便宜，也因為想要覓得金龜婿。

記得以前有一次閒談，李美恩問：「心之，妳難道都沒有對象？」

「可以算有一個吧，他是我 Y 大學長，正在美國攻讀博士，可是每次 e-mail 來，老是寫些『端盤子愉快吧？』『什麼時候來美國唸書？』」。

「怎麼那麼無聊？」李美恩不以為然。

「更糟的是上次還寫說『不知道能跟妳談些什麼？』『妳要多讀書。』」趙心之皺了皺鼻子說。

李美恩想了想說：「帶有輕視的感情是不會甜蜜長久的。」

「所以就沒回信給他了，反正我還沒有想要結婚。」趙心之吐露心聲。

趙心之想起了張志明，他考上了 E 航的培訓機師，現在正在美國受訓學開飛機。張志明個性低調，似乎並沒有驚動任何同事替他餞行，趙心之也是接到他的耶誕卡才知道。

趙心之是個小迷糊，要工作、要讀書、要玩耍、又要睡眠，總覺得自己忙得很，也就沒有很多心思規劃自己的人生，沒想過要交往異性朋友，更遑論安排結婚事宜。

二十幾歲是人生最重要的階段，讀書、工作和結婚三件大事，趙心之常覺得茫然、困惑，不知道自己到底想要什麼？更覺得自己能力不足，任由時光流逝，無法突破現實生活的枷鎖。

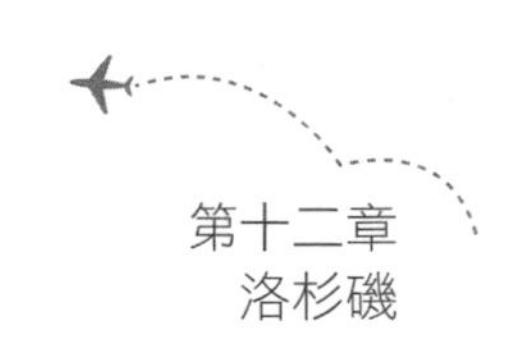

第十二章　洛杉磯

E 航台北⟷洛杉磯航線，乘客幾乎都是台灣人，商務、公務、移民、觀光、探親、留學，也不知怎麼有這麼多的跨太平洋的互動，總之旅客來來往往，載客率幾乎一直是滿載，空服的工作也就相對辛苦。

飛機將要降落洛杉磯國際機場前，由機窗口向地面看，是一片燈海，黑暗中卻可見繁華似錦的城市夜地圖，閃閃發亮、光彩奪目。

拖著行李，過了洛杉磯海關，一大群接機的民眾，趙心之不太敢抬頭四處張望，生怕與什麼人四目交接似的。馬文萍倒是抬頭挺胸，很驕傲自己是 E 航的空姐，環顧著四周人群。

組員在洛杉磯國際機場出關後，搭巴士到旅館，一路上公路多、高架多、車子也多。

進了飯店房間，馬文萍和趙心之打開行李箱，卸妝、洗澡、換衣服。

馬文萍為了第二天要去相親，還特地敷上面膜保養，因為飛機上和美國境內都很乾燥，她也細細的為自己的身體塗上一層乳液。

「心之，女人一定要保養，等妳年紀大了或是飛久了，就看得出很多皺紋。」馬文萍說：「這個牌子的面膜可以讓臉蛋水水嫩嫩，保濕效能很好，妳一定要有耐心敷面膜才行。」

「對呀，飛機上真的很乾燥。」趙心之也拿出乳液。

「這是怎麼回事？」馬文萍從皮包中拿出紅色炸彈－－李美恩和李毅軍的喜帖，「他們真的要結婚了？像小孩子辦家家酒似的。」

「因為美恩懷孕了，所以要趕快結婚。她向公司請了婚假和待產假，大概會停飛一年吧？」趙心之解釋。

「公司有對夫妻檔說，兩個都在飛，又有了小 BABY 以後，一家子很少聚在一起，簡直像是路人甲乙丙。」馬文萍開著玩笑。

「可以轉地勤吧。」趙心之說。

「對是對，可是轉到中正機場櫃檯、貴賓室，也都要輪班，小孩托給誰帶？」馬文萍對現實生活很有概念。

馬文萍經由友人介紹認識了住在洛杉磯的牙醫師，他家世顯赫，父親是台灣有名的外科權威醫生，哥哥姊姊也都是醫生，分別是眼科和整型外科。而這位牙醫師有博士學位，平常除了在診所替人看牙外，還在大學兼任副教授，三不五時飛到各地參加國際學術會議。

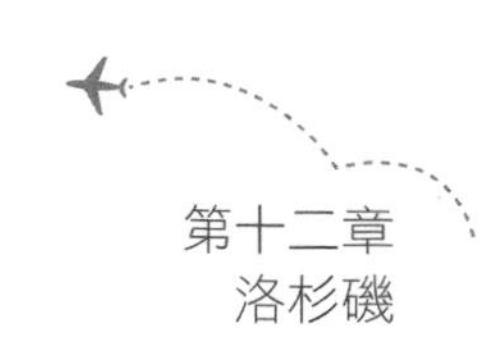

第十二章
洛杉磯

馬文萍雖然對醫學、學術、英文、留學皆不感興趣，但是對於牙醫師的收入倒是很有好感，所以也就樂意與他交往看看。

牙醫師服完台灣兵役後，就來美國攻讀博士，有學位也有綠卡。已經隻身在美國多年的他，實在不想再單身下去，所以很珍惜認識馬文萍的機會。他帶她到在 LA 近郊橙郡他剛買下的百萬豪宅裡參觀，不是想證明自己的財力，而是暗示萬事俱備、只欠東風，真的這個家就差一個女主人了。

馬文萍對這個有五間套房的豪宅滿意極了，高雅的裝潢、名貴的家具、寬大的廚房、漂亮的樓梯和實用的車庫。更何況主臥室還有個寬敞的更衣間，可以掛各式各樣的衣服。有點仙履奇緣的感覺，不是真的皇宮和王子，但也差不多了。馬文萍還不確定這個美夢是真的嗎？但是已經決定要盡一切力量抓緊，不讓美夢溜走。

「我回台北都搭 E 航商務艙，怎麼沒有碰過妳？」牙醫師說。

「你是不是都在看空姐？」馬文萍揶揄他。

「沒有、沒有，你真愛開玩笑。」牙醫師笑了。

「你要上課教美國學生嗎？」馬文萍很好奇。

「對呀，我是兼任副教授。」

「唸到博士很辛苦吧。」馬文萍有點心虛自己的學歷。

「所以都沒有時間交女朋友。」

「是嗎？是眼光太高吧。」馬文萍奚落他。

「在 LA 生活都要開車？」馬文萍問。

「如果妳願意，這部 BENZ 就給妳開，我另外再買一部 TOYOTA VAN，休旅車大，可以裝我們在超級市場買的東西。」牙醫師竟然這麼說。

「你的 BENZ 載過幾個女生哪？」馬文萍故意挖苦。

「沒有。我在美國很多年了，都是單身一個人，很想定下來，有個伴。」牙醫師很誠懇的說。

牙醫師請馬文萍吃晚飯，這家中餐廳裝潢是白色色系，華麗典雅，是很少見的高級中餐廳。菜色也是不油不膩、鹹淡適中、口感極佳，不像是在美國各大城市常見的中餐館。點菜時馬文萍也發覺價格貴得離譜，是一般中餐館的兩三倍。

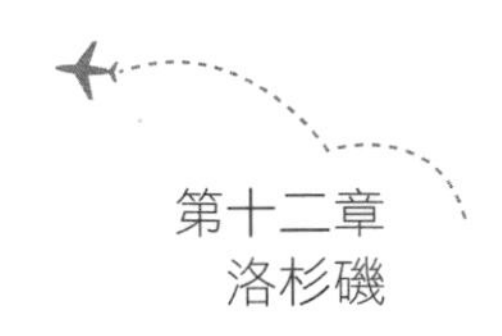

牙醫師送馬文萍回飯店。進房間洗過澡上床後，馬文萍左思右想、不能成眠。

馬文萍是台北 M 大畢業，課業普通，但是對於擇偶這方面倒是頭腦清楚，個性伶俐，視野高瞻遠矚，眼光透徹清晰。她在台北已經有一個男朋友，家裡是進口牛肉的大盤商，總是開著 BENZ 接送她上下班。

論家產，也許兩者差不多，可是大盤商家中還有弟妹要分財產，再說男友個性毛躁，也未必能把生意做得多好，還時常要應酬。反觀牙醫師年收入二、三十萬美元跑不掉，又穩定長久，住在 LA 也沒有公婆要伺候。

但是馬文萍反過來想，自己遠離台北家人，英文又不流利，而且還不會開車，在 LA 可不知如何生活？凡事窮則變，變則通。反正有錢，每天打國際電話回台北也花得起。LA 多的是台灣移民，講的不是國語就是台語，不怕交不到新朋友。至於開車，只要肯學，不怕學不會。她對自己有自信，在富裕的環境中悠閒的生活，她絕對能勝任愉快並且樂在其中。

但是對這名牙醫師，馬文萍可就不敢設想他婚後是否會出軌？男人嘛，她聽得多了，E 航有多少學姐以為嫁給金龜婿，結果又離婚的，很多。

馬文萍告訴趙心之幾個例子：

「公司有個空服員學姐好不容易打敗勁敵，嫁給豪門富公子，婚後才一兩年，就藉口生意忙，常常應酬到三更半夜。還有陌生女子上門找她先生，這位學姐左手抱著小孩、右手拎著行李，想要離家出走，卻一時竟不知到哪兒去才好。」

「也有個資深的空服員大姐將所有積蓄，交給在美國的未婚夫買房子，結果飛過來時，才發現家中另有女主人，典型的鵲巢鳩占。」

「某空姐離職後，成了名電視節目主持人，一身名牌衣服，可是她的空少老公在公司裡又和空姐美眉外遇談戀愛，因此就離婚了。」

「E 航還有個空姐嫁給醫師，男方有外遇後離婚，小孩歸學姐扶養。可是該學姐不幸意外車禍身亡，結果千萬元的保險理賠金全進了小孩生父，也就是前夫的口袋，因為保險理賠受益人雖是小孩名義，但生父

已是法律上的監護人。」

馬文萍可是希望有愛情，也有麵包，兩者兼得。這個牙醫師雖有點微胖，外型並不英俊，但是緣份嘛，有這個緣就要經營這個份。她對男人不能說是手腕高明、隨意掌控，但是倒也察言觀色、應付自如。

馬文萍看看這個牙醫師，應該是個老實的讀書人，她抓得住他！至於以後是否會有外遇？俗語說的好：人算不如天算，以後的事以後再說。

趙心之今天玩了一整天，住在 LA 的表姐開車帶她到著名的比佛利山莊，是世界有錢人和電影明星的聚集地，建築物美輪美奐典雅華麗，名牌旗艦店櫥窗設計明亮耀眼，商品精緻高貴，享受頂級的逛街樂趣，卻消費不起。

SANTA MONICA 的海邊有許多人在玩海灘排球、騎自行車、滑滑板、有快樂的休閒風味。

好萊塢影城裡的星光大道，有許多電影明星的手印，也有街頭藝人化裝模仿名人，專門和旅客合照拿小費。

UCLA 加州大學洛杉磯分校，校園景觀秀麗，樹木漂亮，建築典雅，趙心之心想如果能來這裡唸書該多好。

趙心之玩累了，又聽了馬文萍許多八卦消息，糊里糊塗，搞不清狀況。乾脆眼睛一閉，進入甜甜夢鄉，心裡還想著下次來 LA，還要去迪斯耐樂園和環球影城大玩特玩。

第十三章　安克拉治

E 航台北←→安克拉治←→紐約的航線，機組員必須在中間站換組交接，於是可以在安克拉治住兩天，真的是很愉快的景點。

這趟飛行，個性大方、心地善良的周岱螢向趙心之自我介紹：「我是周岱螢，周公的周、代下面一個山、螢火蟲的螢。」

江東平一旁聽了，忙說：「不是蒼蠅的蠅！」

大伙笑了一陣。

長途飛行中有電影放映，旅客看電影了或是在休息，這段時間組員也可以輪休。機上電影放映每個月都會換新，周岱螢總是看了又看，並囑咐何康瑜可以連著休息兩班沒關係。

這時前艙 Captain 打機上 interphone 給何康瑜，要她進駕駛艙看北極光。

何康瑜匆匆跑到 G1 告訴韓瑞奇此事。

「不要怕，別理他，我會保護妳。」韓瑞奇說。

韓瑞奇打開魚子醬，細心放在餅乾上，遞給何康瑜嚐嚐味道。

「到了安克拉治，我再帶妳出去走走，風景真好，有樹、有河、有野鴨。」

飛機落地前，從窗口看出去，是廣大無垠的自然原野，遠方山頂白雪皚皚，天空一望無際，總覺得安克拉治的色彩十分乾淨。

在安克拉治國際機場大廳內有幾個大玻璃櫃，裡面有大灰熊，大麋鹿，令人訝異的巨大，由此就可以想像北極圈的大自然生態，很多轉機旅客拍照留念。

春夏秋冬四季到安克拉治是截然不同的景觀，但都有著大自然壯麗優美的風光。

春天冰雪漸融，路上濕滑，但地上草皮已有綠意，樹木枝頭也掉落積雪露出綠針，河邊野鴉也開始有了蹤跡。

夏天是最好的季節，可以去打獵，也可以野遊，出門走走，一到湖邊，淺藍的天空，遠方起伏的山巒，寬廣無邊的視野，令人心曠神怡。

秋天適合散步，灰藍藍的天空、深綠綠的湖水，寧靜萬分。密密麻麻的針葉林，使人感動，蕭蕭瑟瑟的冷空氣，讓人感懷。

冬天積雪深厚，出門非要穿夠裝備，否則冷得直打哆嗦，連腳趾頭都快要凍成冰塊。可以去滑雪場滑雪，也可以堆雪人打雪仗。室內活動也很多，跳韻律舞、健身都很盛行。

第十三章
安克拉治

阿拉斯加是世界上最美麗的大自然生態區，安克拉治的近郊也還很少有人為的痕跡，全世界沒有一個城市保有這麼天然的郊區，可以供市民一出城就回到原始的大自然懷抱。

某些旅遊計畫像是：看北極光、看冰河、看北極熊、看大灰熊、看大麋鹿，可都是其他地方難得一見的。尤其最近流行極地環保抵抗全球暖化，拯救北極熊活動，真的很有意義。到了阿拉斯加，才知道什麼是真正純淨、無污染的大自然！

何康瑜和韓瑞奇出門散步，空氣乾淨清新，四周靜謐安寧，兩人一路漫步走到湖邊，有人陪著散步，不但安全多了，也有意思多了，何康瑜這麼想。韓瑞奇總是噓寒問暖，「最近身體好嗎？」、「最近心情好嗎？」、「最近睡眠好嗎？」，問個不停，何康瑜總是笑笑，再告訴他一些生活瑣事。

錢玉薇跑到王知行和江東平的房間裡，一起做早課，唱誦南無妙法蓮華經。

趙心之在房間，左手新聞學，右手大眾傳播理論，讀書讀的心慌，覺得自己永遠也追不上了，有些氣餒，於是跑去找周岱螢聊聊。

周岱螢似乎永遠是精力旺盛的樣子。黝黑健康的膚色、身材健美，寬厚的肩膀簡直可以用虎背熊腰來形容。她可不是一般柔柔弱弱的女孩子 ，多才多藝，會作詞、會攝影、會畫畫，還會游泳、潛水，愛聽古典樂、愛看電影。

趙心之知道周岱螢是學大眾傳播的，便說：「平常回台北，總覺得自己似乎和台灣社會脫節了，有時新聞也看不懂來龍去脈。」
「我也有同感，為了關懷台灣社會，所以認養了家扶基金會的兩位貧困學童」。周岱螢又說：「留意自家腳跟下大事。」。所以先捐錢給台灣的兩個小朋友，等將來有能力再認養國外的貧困學童。而被認養的台東小朋友平常還會寫信給她呢！十分乖巧上進。
趙心之說：「回台北後，我也要去認養貧童，幫助他們上學讀書。讀大學時，我和同學曾經義務輔導過原住民小孩的功課呢。」

晚間江東平找大夥聚餐，大家到旅館附設的廚房用餐間，七手八腳的烹飪。

江東平說：「我可不是只會在飛機上熱牛排和雞肉而已。」，但是久久卻端不出什麼料理，只是把炒飯熱了一熱。

錢玉薇說：「東哥就是打的一嘴好工，手上根本就沒功夫。」

「這種不會做菜的男人，要趕快娶個好老婆。」韓瑞奇也揶揄他。

江東平居然尷尬的笑了笑，說不出話來反擊。

「東哥一聽到討老婆的事就變得很內向，大家要多幫他牽線介紹。」錢玉薇故意攪和。

大家吃著由超級市場買來的各種食物，包括煙燻肉片和鮭魚，喝著煮開水泡的茶，一起消磨時間。

趙心之拋出個話題：「我覺得好像和台灣社會脫節了？」

王知行開導說：「我們是沒有每天看台灣電視或報紙新聞，但是讀讀天下雜誌或商業周刊，也可以了解台灣社會動向。」

趙心之說：「岱螢有認養兒福的貧困學童。」

「我也有，我認養的是一個尼泊爾的小學生，他會用英文寫信給我，上次還寄照片來，很可愛。他家務農，每個月收入大概才一百美金而已，沒有辦法供他讀書。」王知行緩緩說出自己的愛心經驗。

錢玉薇點點頭說：「聽說尼泊爾、不丹、印度北方，靠近西藏，有些密宗師父是從那邊出來的，並不一定會講中文，有的是講英文。」

趙心之呆呆的問：「那釋迦牟尼佛是印度人嗎？」

「是印度的一位王子，看清了世間浮華虛幻，他毅然放下了將要承繼的王位和妻子小孩，走向恒河平原，進行心靈的探索，終於體證了再無苦病老死、 再無恐怖憂愁的大智慧。出於悲憫之情，他希望能將自己所體悟的真理，完全無私地奉獻，他就踏遍了印度，不論富貴貧賤，平等教化人民，終身不渝。這個人就是佛陀。」王知行有些像是悟道高僧。

「佛教大概在西漢末年傳入中國，魏晉南北朝時廣為流佈，唐朝時就融入中國思想。」何康瑜說。

「中文系有唸佛學噢？」趙心之呆呆的問。

「有，其實佛學在中國文化史裡面也佔有一席之地。」何康瑜說。

「佛學尤其影響了人民的思想，中國很多思想家把佛教中國化，像禪宗也是日本人學我們的。」王知行這麼說。

「我和康瑜都很虔誠拜觀世音菩薩。」錢玉薇講的認真。

席間大家吃得差不多了，江東平說了一個限制級的笑話：「從前從前，有隻小螞蟻出門找食物，不小心迷路了，牠爬呀爬的到一戶人家的院子裡，牠又爬呀爬的到晾著衣服的竹竿上，看看天快要黑了，於是小螞蟻就爬到女主人的內褲裡準備睡覺。」

「沒想到內褲被女主人收起來，晚上洗過澡後，女主人換上這條內褲，小螞蟻只覺得掉入黑黑的草叢中，前方有一個坑道，小螞蟻就爬進去找了個地方就睡覺了。」

「沒想到半夜突然有隻大蟒蛇伸進坑道中，驚醒了小螞蟻，牠只好躲在裡面偷看，心裡非常忐忑不安，很怕被大蟒蛇吃掉，就回不了家了。」

「沒想到那隻大蟒蛇忽進忽出的，似乎自己玩的很高興？也不知進出了多少次，大蟒蛇突然吐了幾口口水，就走了。」

韓瑞奇責怪江東平在女生面前亂說黃色笑話，江東平尷尬的笑了兩聲，連忙轉移話題。看到趙心之和周岱螢都很愛玩，都曬的很黝黑，江東平忍不住嘲笑說：「妳們兩個飛到哪裡，都像是當地人，Local，在曼谷像泰國人，在夏威夷像土著，到了美國就像是黑人。」

錢玉薇笑著說：「東哥，你真是狗嘴裡吐不出象牙！」

大家笑了一陣，就各自回房休息。

搭飛機從安克拉治起飛後，何康瑜看著機窗外的北極大地，平原一覽無遺，河流蜿蜒流長，山脈起伏綿延，都是歷歷在目。尤其是遠方山頂上的積雪終年不化，直到山腰都是白得令人炫目。望著這個清淨無塵的壯麗大地，想著人如果能回歸自然多好，即使只有短暫假期，也可以洗滌身心靈。

第十四章　紐約

從台北飛到紐約大概也有十幾個小時吧，這些旅客真的是飛了半個地球，長途飛行十分辛苦，空服員都笑臉以對，全力服務。

不知怎的，送完餐後，何康瑜突然腹瀉好幾次，無法打工，趙心之只好跑去告訴座艙長，又特地告訴 G1 韓瑞奇。韓瑞奇立刻跑到 G2 空中廚房，發現狀況不對，替何康瑜找了個位置，扶她坐下後，蓋上毛毯休息。 G1 工作告一段落，韓瑞奇立刻跑到 G2 幫忙，周岱螢也快手快腳大力相助，總算是齊心協力把送咖啡茶、收餐和賣煙酒等服務工作暫告一段落。

韓瑞奇在飛機降落後，開門就通知紐約 E 航的地勤人員，需要一部輪椅。等全部旅客下飛機之後，韓瑞奇攙扶著何康瑜坐上輪椅，一路推著通過海關，趙心之幫忙拿著何康瑜的皮包，張望著旅館的巴士。
抵達紐約的甘迺迪國際機場時，趙心之就覺得飛機起降頻繁，人潮有些雜亂，無法想像是到了紐約。

終於捱到旅館房間放好行李後，韓瑞奇立刻帶何康瑜去看醫生，是急性腸胃炎。E 航在海外有替組員買團體醫療險，所以只要填好資料即可，先不必付帳，由該醫院向 E 航當地分公司申請給付。

吃過藥後，何康瑜說：「韓大哥，你回房休息吧。」

韓瑞奇說：「不，我等妳睡了再走。」

「心之還要睡覺呢，你先回去吧。」

韓瑞奇千叮嚀萬交代趙心之：「康瑜有任何狀況，就要通知我。」

第二天一早，韓瑞奇就跑來敲門，一開門就衝進來問：「康瑜好些了嗎？」

趙心之小聲說：「好像還可以。」指指何康瑜正在睡覺。

韓瑞奇說：「心之，妳忙妳的，康瑜我來看就好。」

「是你說的，那我出去玩了。」趙心之出門找周岱螢。

韓瑞奇心疼的看著何康瑜美麗蒼白的臉好一會兒，就這麼呆坐在椅子上。半晌，已近中午，何康瑜醒了，看見韓瑞奇呆望著自己。

「韓大哥，你來了。」

「別起來，我看有沒有發燒。」韓瑞奇用手觸摸何康瑜的額頭，「還

好沒燒。」

何康瑜想要起身，韓瑞奇卻迅速的在她額頭上一吻。

「康瑜，對不起，我是情不自禁。」

何康瑜起床去洗手間，照鏡子看著自己通紅的臉頰，許久後才出來。

「康瑜，我已經叫了兩個便當，等下送來後用三洋鍋煮稀飯給妳吃。」

不一會兒，那家中國餐館外送來便當。

韓瑞奇忙著煮稀飯，何康瑜假裝在看電視，卻不時偷眼看看他，心裡覺得好放心。

周岱螢帶著趙心之出門，江東平已經在旅館大廳等著她們。趙心之首先打了個招呼：「Good morning，東哥，要一起出去玩嗎？」

江東平不等周岱螢說話，連忙趕著說：「我就是在等妳們！走吧！」

看地圖搭地鐵並不難，她們先到曼哈頓區。紐約的街道除了華爾街一帶，東西方向的街道各以 Street 命名，南北方向的以 Avenue 稱呼。

Fifth Avenue，第五大道，周岱螢說是一條既人文又商業的優雅大街，象徵美國時尚流行文化的中心，有著最具創意的藝術設計，可以說是世界級上流的人文薈萃。整條大道一路走來，還有許多有名的建築物，各具特色，因為其豐富多元的內涵，永遠也逛不厭倦。繁華不足以形容第五大道，走走停停看看，總覺得精采萬分，行人也有看頭：上班族穿戴整齊有致、得體大方，觀光客也打扮優雅、有錢有閒。更別提所有世界名牌的珠寶、皮件、服裝、化粧品商店，她們倆人只能 window shopping，但也欣賞著具藝術感的頂級櫥窗佈置。

Lincoln Center，林肯中心是一個表演藝術的集合地，主要以環繞噴泉廣場的 3 棟劇院為主，巴洛克風味的建築大方雅致，古典音樂會演奏、歌劇和芭蕾舞劇，一年四季演出不斷，在其外圍有世界上最頂尖的音樂藝術學院：茱利亞學院。 周岱螢和趙心之在此流連忘返，很想多沾染一些藝術氣質，也在中庭拍了一些照片。

SOHO，蘇活區的另類文化，是藝術、是創作，有一些奇奇怪怪的小店和東西，建築物外牆常有壁畫。還有一些特立獨行的人，像是：留著金色長髮的白人男子、滿頭彩色珠串的黑人等等。

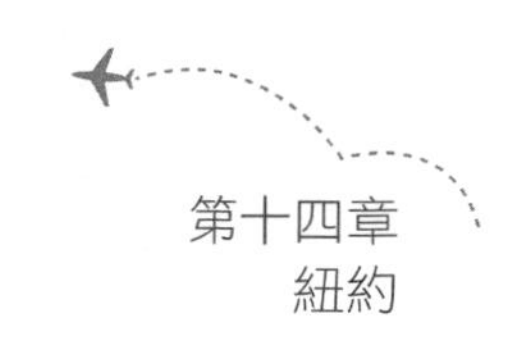

格林威治村的建築典雅、房舍精緻、造型可人，小公園氣氛佳，幾棵樹木，行人稀疏、漫步街頭，很有歐洲風味。

Metropolitan Museum，大都會博物館，館藏據說達百萬件以上，藝術品陳列是根據地區作為區隔。大都會博物館的特色，一是十九世紀的歐洲的繪畫包含印象派及雕塑，二是埃及的文物珠寶古墓等，見證了人類數千年來的人文文明。

歐洲館及美洲館中有許多繪畫和雕塑，有些現代創作十分有創意，甚至還有毛澤東的巨型畫像。周岱螢和趙心之都覺得視野太豐富了，不知能消化幾分，但館方的安排卻是頗有次序，周岱螢說美國和法國都有專修博物館的學位呢！

St. Patrick's Cathedral 聖派屈克大教堂，像是哥德式大教堂，外型壯麗巨大。走進教堂，會被七彩美麗的琉璃所感動，有神父主持，讀經講經，也有唱聖歌。莊嚴肅穆的氣氛，讓人覺得安詳、心靜，如沐春風一般。

周岱螢說一進教堂好像回到中古世紀，難得脫離外面街道上的二十一世紀商業活動。

Rockefeller Center，洛克斐勒中心是一商業暨娛樂綜合大樓，門前有旗幟飛揚、巨型雕像和溜冰場。冬天常有人溜冰，是很多電影取景的地點。周岱螢想起曾經看過一本書，是有關生態經濟革命的書，就是洛克斐勒財團支持的「看守世界研究中心」所出版的，據說每年都會出版地球白皮書。趙心之也認同洛克斐勒財團做公益，真的有心支持智庫學者從事環保研究。

Time Square，時代廣場是在第四十二街，有巨大的招牌和百老匯劇場，不斷在上演的經典劇碼。熙來攘往的人群走過，廣場邊有賣熱狗的小販，生意很不錯。周岱螢和趙心之想起看過新聞：每年過新年在這兒都有跨年晚會、倒數計時。

走到第五街盡頭，是海港碼頭，許多人坐在岸邊欣賞風景，這兒有一些紀念品店，夏季有一些露天的音樂會，傍晚時分很有大都會以外的另一種休閒氣氛。

江東平帶著兩位女生說要到一家中國餐館用晚餐，說是叔叔在那裡當大廚。果然是，還很客氣地請客不用錢。這是很典型的美國中餐館口

味，糖醋排骨和揚州炒飯特別好吃。

走了一天的路，次日江東平、周岱螢、趙心之仍然精神抖擻，又跑出去玩，因為紐約根本三天三夜都玩不完、玩不膩。

現代美術館裡更是有許多世界級的名畫收藏，有時會有名畫家的特展，這天是 Degas，他畫的芭蕾舞女孩、音樂劇場、馬匹，都很動人。周岱螢說她上次看 Monet 的特展，從現代美術館早上開門，一直欣賞到傍晚關門為止，仍然意猶未盡。周岱螢和趙心之都很欣賞 Matisse 的畫，畫面簡潔清晰，常由單純的線條和色彩構成，畫物顏色鮮豔，有形有味。兩人又購買了許多張名畫卡片，做為紀念，以後可以常常拿出來欣賞。

中央公園的樹木繁多、草原青綠、佔地廣大，還有小湖和野鴨。有人悠閒愜意的曬太陽、有人怡然自得的看書、更有人精神十足的跑步。彷彿，來到了桃花源般，可以拋開一切的煩惱，此刻，只有放鬆、愉悅和快樂。周岱螢和趙心之都覺得紐約人居然有這麼好的公園，像是大自然一樣，週末不一定要趕著出城，到中央公園也算是偷得浮生半日閒。

帝國大廈高一〇二層，外觀雄偉壯麗，在瞭望台上可以鳥瞰紐約市區、布魯克林大橋。也看到自由女神像，其象徵著美國人爭取自由民主的精神，可以搭渡輪到該小島上，而紐約港和哈德遜河兩岸風光不錯。

此外，還有金融商業的華爾街、全球外交的聯合國、首屈一指的哥倫比亞大學，都很值得參觀。

周岱螢告訴趙心之：有一部很有名的電視劇《慾望城市 sex and the city》，就是演四個紐約熟女的生活心情，買名牌包包和鞋子，追求時尚流行，都是在曼哈頓的各處時尚餐廳、酒吧、旅館、畫廊、商店等實地拍攝。

紐約因為景點很多、文化薈萃，豐富的內涵讓人目不暇給：知性、感性、美術、戲劇、音樂、時尚、購物、休閒、運動，林林總總，好一個世界之都 world capital。

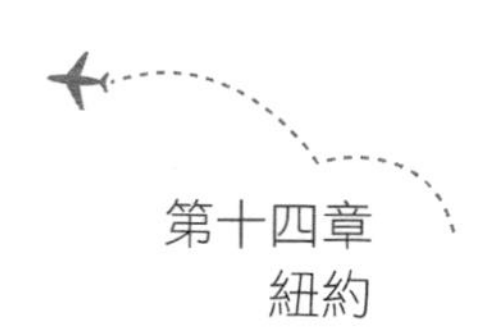

其實在舊金山、洛杉磯和紐約，都可以感受到美國民族大融合的意涵，也許要打入社會主流中高階非常困難，聽說第一代移民工作並不容易，但是感覺上美國環境真的不錯。

趙心之是愈來愈喜歡美國了，剛好日前她接到那名介紹的工程師來 e-mail，說是看了幾本大前研一的企管書籍，有些心得分享。趙心之對感情的事懵懵懂懂，但是她心想這趟飛回台北後，可要回 e-mail 給工程師了，她覺得這個人真的優秀、上進、又博學。

第十五章　開羅

台北⟵⟶開羅航線以前曾經是飛歐洲的中途站，也有過旅行社會包機，這條航線因為不賺錢，所以是已經決定停掉，卻很少機組員有什麼特別的感想，只覺得再去看一眼金字塔好了。

飛機落地，機組員出關，才到旅館，錢玉薇就跑到王知行和江東平的房間裡，一起做晚課，唱誦南無妙法蓮華經。

錢玉薇回房後，趙心之問：「玉薇姐，從沒聽過妳交男朋友的事？」
錢玉薇嘆氣說：「以前我也有個男朋友，從大學時代就交往起，畢業後，我考進 E 航，他當兵回來，工作卻不順利。同居在一起，大部分生活費都是我付的，可是他的情緒仍然晴時多雲偶陣雨，一次大吵以後，我就搬出來自己住了。」

趙心之問：「玉薇姐，那妳就不打算結婚了嗎？」
錢玉薇說：「做空姐這一行，反而難找對象。地面上要找薪水月入新台幣十萬以上的男生，幾乎就只有醫師、律師、會計師、法官、開公

司的，其他一般水平的只有我們收入的一半，很難溝通。」
趙心之說：「公司男生就可以了，像李美恩跟李毅軍就很幸福。」
錢玉薇微微笑著說：「我也是這麼想。」

趙心之說：「空服員談感情好像很迅速？很片段？像李美恩是短短幾天內就情定李毅軍，真正的一見鍾情。」
錢玉薇想了想說：「空服員飛來飛去，連和家人相處的時間都很少，逢年過節都不在家。所以說遠距離戀愛，不是朝夕相處，而是聚少離多的感情，就特別珍惜彼此相處的時光，多半一開始條件符合、感覺對了，就迅速約會。」
趙心之傻里傻氣的說：「像『航站情緣』那部電影一樣嗎？」

停了好一會兒，「心之，妳覺得王知行跟我，有可能嗎？」錢玉薇突然這麼問。
趙心之說：「妳喜歡他？」
「嗯，我很欣賞他。」錢玉薇說：「可是女生不好主動。」
趙心之想了想說：「可是依我觀察，王知行大哥好像是不會追女孩子的。」

「我跟他個性又差很多。」錢玉薇有些擔憂的說。

趙心之說：「這個嘛，我倒不覺得有什麼不好。」

錢玉薇說：「真的嗎？」

「可以彼此互補嘛！」，趙心之鼓勵錢玉薇，又說：「你們在一起很相配，男的帥、女的美，妳會照顧好王大哥的生活，他也可以做妳心靈上的導師。」

「可是他對我根本沒意思。」錢玉薇低聲的嘆了口氣。

「我看是很適合，妳可千萬別放棄這麼好的對象，時代不一樣了，沒有什麼誰追誰的，女孩子一定要把握住好機會。」趙心之很肯定的說。

「黃毛丫頭，乳臭未乾，這是馬文萍教妳的嗎？」錢玉薇笑了。

「馬文萍是教我怎麼樣嫁給金龜婿，而我是支持妳勇敢把握自己的人生伴侶，這不太一樣啦。」趙心之也笑了。

次日，到樓下吃早餐時，錢玉薇、趙心之碰到江東平和王知行，大家便坐在一起。

江東平說：「王知行是F大法律系畢業的，很優秀。」

「怎麼在E航當空服？」趙心之問。

王知行笑笑說：「考司法特考考了兩次，都沒考上，當不成法官和檢

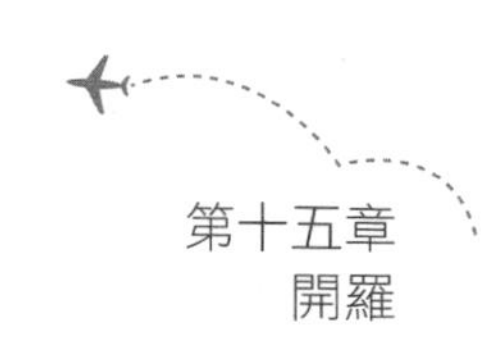

察官，連律師都考不上。」

「會不會覺得有志難伸、大材小用？」趙心之又問。

江東平搶著說：「所以信佛，天天唸經。」

「我大學同學考上公務員高考、研究所博士班，居然說不知道能和我聊些什麼？」趙心之訴苦。

王知行說：「自己懂得修身養性就好。」

錢玉薇說：「東哥還不是活得好好的，吃的飽、睡得著。」

「拜託，我也算是知識份子，又不是只知道陳文茜。」江東平打趣說：「別說財經專家李紀珠、劉憶如，我都有研究。」

「空服員生活是很不錯，但是工作真的很不用大腦，人生不等於賺錢和花錢而已吧？」趙心之說。

「空勤工作雖然是服務業，但是妳把它當作是幫助人就好了，讓旅客有快樂的回憶，自己工作也很愉快，這份工作苦樂其實是看個人的想法如何。」錢玉薇對旅客一向很有耐心。

王知行回答：「也可以考慮轉地勤，起先可能從機場櫃檯、貴賓室、訂位、票務、甚至是排班做起，但是如果表現優秀的話，也可能會轉到總公司做企畫或研究員，再不然到航空基金會做事，都會很有意思，很多工作都會有挑戰性，不要太心急、太短視，先充實自己最重要。」

「可是我對新聞、政治、社會、文學比較有興趣。」趙心之訥訥的。
「心之，我看妳遲早會得憂鬱症，做這行、想那行。」江東平這麼說。
王知行有意開導：「不是學商科的，也可以唸些企業管理、人力資源、企劃行銷的書，先培養一點興趣。」
「對呀，妳至少要學一些理財知識，人不理財、財不理妳。」錢玉薇說。

江東平看趙心之大概仍然很無趣，乾脆說：「好了，我來講個飛機牌空勤組員的笑話好了。」
「非洲某國家不幸發生空難，搜救隊伍和空難專家到現場勘察，竟發現一隻猴子抱著飛行紀錄儀黑盒子在發呆，似乎驚嚇過度。」
「空難專家決定這隻猴子和黑盒子帶回研究室解讀，幾個星期後黑盒子的前艙通話紀錄出來了：機場塔台在墜機前曾經呼叫機長和副機師注意飛行高度，可是沒有人回應，只有兩聲奇怪的動物叫聲。」

「這時猴子也學會看懂空難專家的手勢了，於是空難專家向猴子用手

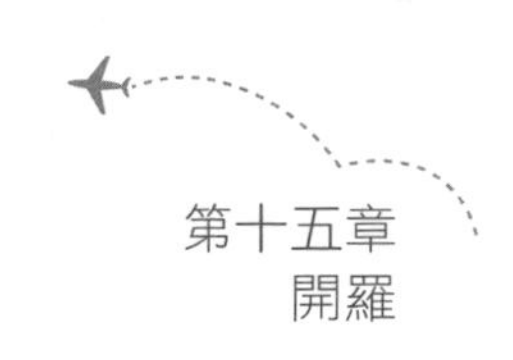

比飛機摔落時，又比肩膀上四條槓的機長在做什麼？猴子點了點頭表示明瞭，就摸了摸腰部，手好像在解皮帶。」

「空難專家又比了比葫蘆般身材的空姐在做什麼？猴子點了點頭表示明瞭，就摸了摸胸部，手好像在解鈕扣。」

「空難專家又比了比肩膀上三條槓的副機師在做什麼？猴子點了點頭表示明瞭，就用手指圈住眼睛看了看，表示副機師正在偷看。」

「空難專家狐疑的指了指猴子，用手比飛機摔落時，你在做什麼？」

「猴子點了點頭表示明瞭，就用手比了比我正在握方向盤開飛機。」

早餐後，錢玉薇、江東平和王知行一起回房間做早課唸經。

一小時之後大家到齊，一起出發前往金字塔及開羅博物館參觀。

埃及金字塔被列為世界七大奇觀之首，古代人到底是怎麼建造成如此宏偉的建築呢？是傳說中外星人留下的建築物嗎？金字塔的神秘至今仍是一個謎。

宏偉的古夫王金字塔，象徵國王至高無上、永生不死。底部四邊幾乎是正北、正南、正東、正西，根據資料，這座金字塔底部邊長 230 公尺，高 46 公尺，用了共 260 萬塊，每塊重達二噸半的石頭，堆積而成，裡面有石棺和面具。

雄偉的獅身人面石像座立於台地上，令人訝異其不受時光和風沙的侵蝕，仍然像是巨型的藝術傑作。

開羅博物館裡有許多古埃及的文物，黃金雕鑄的獅身人面、木乃伊、法老王面具、古代巨畫、生活物品、埃及古文符號，還有許許多多的石雕器物和擺設等等，見證了埃及人幾千年前的歷史。

大家又去沙漠裡騎駱駝，浩瀚的黃沙中滾滾風塵，一望無際的沙漠平原，令人想起作家三毛的作品「哭泣的駱駝」。可以一個人騎一個駱駝，也可以兩個人騎，坐在駝峰前，居高臨下，踱步慢行，十分有趣。錢玉薇故意表示膽怯，因而和王知行共騎一個駱駝，真是浪漫極了，很美好的回憶。

之後又到市集逛逛，有許多當地特產的小店，藺草做的彩色紙畫，上面有法老王、女侍、埃及古文等圖樣，可以留作旅遊紀念，可是每家店價格不一，要比價殺價才行。

大家回飯店用晚餐，餐畢各自回房。王知行帶著江東平和錢玉薇做完

第十五章 開羅

例行的誦經晚課後，江東平提議到飯店二樓露天陽台看夜景，王知行和錢玉薇欣然同意，但是一到二樓大廳，江東平就藉口要回房間上廁所而遁逃。

王知行和錢玉薇兩人在露天陽台獨處，錢玉薇突然說：「王知行，你不想成家嗎？」

停了好幾分鐘，「我比較喜歡文靜一點的女孩子。」王知行說。

時光似乎停住了，空氣更是凝結成一團。

半晌，錢玉薇才說：「我也可以文靜一點，其實我在你面前已經很少講話。」，說著說著，不由自主眼淚竟然掉了下來。

王知行看到錢玉薇掉眼淚，慌了手腳，只能說：「別哭、別哭。」

可是錢玉薇仍然在掉眼淚，王知行用手攬了她的肩，錢玉薇順勢依在他的胸前。

第十六章　杜拜

飛機上服務流程單調又重複，這趟飛杜拜，機上又有許多歐洲人，去泰國度假回來，其中也有的是德國人，還蠻有意思的。

有個德國男子會講幾句中文，他用英文和趙心之攀談，原來他是福斯 Volkswagen 汽車的高階經理人，都在上海工作，因為大陸的市場很大，也常出差北京，這次是公事到台北，現在轉機回德國。

趙心之問他：「很少看到家人嗎？」

德國男子說：這次回去，就要把太太小孩接到上海定居，太太是家庭主婦，因為德國的所得稅率很高，太太工作賺錢並不划算。他還說自己以前是國立漢堡大學機械系的教授，後來才轉到企業界工作。

只是因為長途飛行，趙心之覺得有些疲累，呆立在空中廚房裡。

「心之，老見妳悶悶不樂，悶聲不響，真是心事誰人知。」

江東平竟用台語唱了起來：「心事哪沒講出來，有誰人會知」。

趙心之噗嗤一笑：「東哥，你專愛逗人開心。」

「東哥，你是唸什麼系的？」

第十六章
杜拜

「C 大企管系的。」

「學企業管理，現在做廚房管理，會不會學非所用？」

江東平說：「空服員這份工作的好處也很多，又輕鬆，錢又多。」

「可是一點成就感都沒有。」趙心之說。

「賺錢就是成就感，妳不是要幫家裡繳房貸嗎？妳家裡都靠妳，不是嗎？」江東平問。

「咦？你怎麼知道？」趙心之有些驚訝。

一到杜拜的飯店，便覺得裝潢華麗、金碧輝煌，像是中東皇宮一樣，冷氣涼爽舒適，令人不想再出門。

同房學姐接受邀約，去某個前艙機組員的房間打麻將，不一會兒又折返回來，把枕頭豎起來，說了句：「唉，妳讀吧。」，才放心出門。原來學姐很怕同房的趙心之在房間讀「書」，會使得她牌運不好，害她打牌「輸」錢。

趙心之只覺得越讀越心慌，根本就記不住內容，想想該不是常常在高空中打工以致腦子變笨？可是機艙中都有加壓、空壓正常。再則該不是時差睡眠失調以致腦力減退？可是她常常睡眠很夠。大概是每天吃吃玩玩，太久沒用大腦？可是她也常常開卷有益。

反正讀書是大不如從前專心記誦了，偏偏台灣考試都是以記憶為主。趙心之想想自己的興趣和理想，多希望從事有新知、有挑戰性、有變化、有成就感的新聞工作。所以還是繼續讀著大眾傳播理論教科書，索性拿出筆記本摘要整理大綱重點，一方面可以專心，另一方面利於記憶。

杜拜是個進口關稅低廉的自由貿易區，許多著名品牌在杜拜的價格甚至比原產地還低，眾多歐美遊客紛紛專程來訪。杜拜市內的 shopping mall 都很有特色，珠寶飾品店、化妝品店、時裝店和藝術品店眾多，產品精緻、琳琅滿目，在此逛街會有好心情，值得消磨時間慢慢尋寶。

馬文萍出去 shopping 了許久，回來後到趙心之的房裡聊天，看到隔壁床上豎著枕頭，問了是去打麻將怕「輸」，很不以為然的說：「跟前艙打牌打出問題的，聽說就有一個學姐，被機長玩弄失身。」

「我跟 LA 牙醫師真的很有緣份，相親以後三個月內飛了三次 LA，彼此感情進展迅速，就訂婚了。」

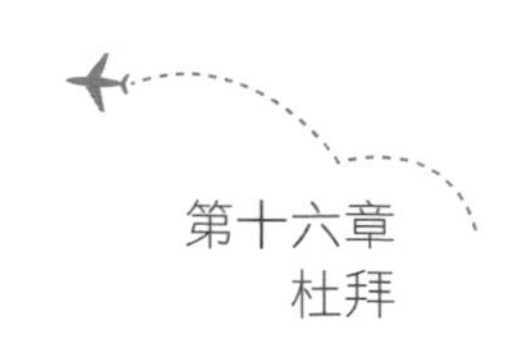

第十六章
杜拜

馬文萍買了 LV 的皮包、GUCCI 的香水、HERMES 的領巾，說是結婚以後可以穿戴。牙醫師美國洛杉磯的豪宅中有保險箱，男方也買好了婚戒，是 Tiffany 一克拉的鑽戒。

「價格多少？」趙心之問。

「八萬美金啦。」馬文萍炫耀著。

「我們全家老少都舉雙手雙腳贊成呢！」馬文萍開著玩笑。

「我的生日剛好是十二月二十五日耶誕節，我就說牙醫師你禮物就送一份？一隻耳環是生日禮物，另一隻耳環是耶誕禮物？」

「還有我們選元旦一月一日結婚，我又跟牙醫師說你禮物就送一份？一隻鞋子是結婚紀念禮物，另一隻鞋子是新年禮物？」

馬文萍得意的說：「結果牙醫師笑了半天，向我保證他不會少送任何一份禮物。」

「妳沒看見飛機上有些學姐帶著勞力士、歐米茄、蕭邦等名牌鑽錶打工？難道全都是自己買的？有些當然是別人送的。可是妳也要看是什麼人送的？」

「某空姐買件衣服至少都是一萬元新台幣起跳，佛要金裝、人要衣裝，要進入上流社會，外表不能太寒酸。」

趙心之皺起眉頭說：「這些我們第一次一起飛的時候，妳就已經告訴我了。」

「好像是吧，可是看看妳這副德性，完全沒有進步嘛！要嫁給金龜婿，哪能這麼個醜樣？也不打扮打扮。」馬文萍搖搖頭說。

「E 航有個空姐，離職嫁到美國以後，又考上美國 U 航空服員，這樣 Home Base 就在舊金山，可以常常回家。」馬文萍說：「我看我結婚以後是不會工作的，我一定要看緊老公，婚姻是要經營的，我知道很多不幸福的例子。」，之後又自顧自的說起了八卦。

「E 航有個空姐是企業家第二代的小老婆，跑到美國生下孩子，都自己一個人帶，男方半年才能來看他們一趟，因此很寂寞。」

「有個座艙長是名律師的小老婆，年紀四十幾懷孕了，不知為了什麼，跑到美國生下孩子，結果小 BABY 有先天性心臟病，又沒買保險，花了好多錢。」

「公司曾經有個空姐嫁到 LA 後，離婚在中餐館當領檯，生活很辛苦。」

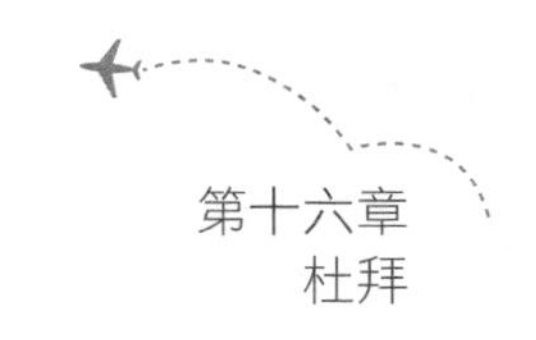

「E 航某空姐嫁到舊金山，因個性喜歡與人相處，努力成了灣區的名保險經紀人。好不容易成了人人羨慕的雙高薪家庭，這時她老公卻被公司派到上海工作，一家子又相隔兩地。」

趙心之問：「那有沒有離開公司後，在台灣找到其他工作的？」
馬文萍說：「一般來講，公司流動率很低，因為畢竟花了幾年光陰在當空服員，現在工作不好找，要進大企業很難。」
「不過有個 E 航姐嫁到美國後，一直搬家，所以離婚，回台灣後，當上大飯店貴賓總監。」

「公司也是有空勤讀書考試考上律師，可是是個男生。」

「E 航有個空姐到美國拿到博士學位，現在 Y 大當副教授，可是她是和她先生一起去美國唸書的。」

「有個男空勤最厲害，飛的時候到紐約、舊金山、阿姆斯特丹，都會去咖啡店喝咖啡，結果下來在台灣開了知名的連鎖咖啡店，賺多了。」

馬文萍勸趙心之:「心之,妳別光顧著讀書、讀書,也該挑個男朋友了,青春很快就會溜走。」

趙心之聽了馬文萍一堆八卦消息,肚子餓得慌,提議到樓下餐廳用餐。趙心之點了當地的羊排,美味可口,吃個精光。馬文萍卻只點了柳橙汁,說是要保持苗條身材,當個美麗的新娘。

正好錢玉薇、王知行和江東平一起做完誦經的晚課,也下來飯店餐廳用餐,大家便一起坐下來聊天。

「馬文萍可是撈到個金龜婿。」江東平消遣說。

「我跟他可是郎才女貌,你別八卦了。」馬文萍回擊。

錢玉薇說:「文萍,嫁妝都採購好了?」

江東平搶著說:「大買特買,買到都可以開精品店了。」

「總比你好,就算買個十克拉的大鑽戒,也追不到女朋友,根本沒人要你。」馬文萍鬥嘴。

趙心之轉移話題:「玉薇姐,唸經唸得怎麼樣?」

錢玉薇說:「每天都覺得心裡平安喜樂。」

王知行說：「現代社會中，很多人的工作和生活都不是自己想要的，這時就要有『禪心』來創造心靈的成長空間。」

趙心之問：「可以以輕鬆簡單的方式進入佛學之中嗎？」

王知行說：「也有所謂『遊戲三昧』，可以說是『自在入、自在住、自在出』，意思是能進退一如、自由自在、毫無拘束。但是要達到這種境界之前，還是需要清心苦修。」

次日，江東平找了大家一起出門遊玩。

趙心之說：「上次乘車到沙漠看沙海，一出車門，馬上被攝氏四十度以上的高溫熱氣薰昏，皮膚都被蒸發乾了，回到車上有冷氣，全身才汗如雨下。」

「誰叫妳夏天在杜拜要出門玩，一定要待在有冷氣的地方。」馬文萍說。

「我們今天去坐船遊運河好了。」江東平說。

遊船在杜拜運河上行駛，一路航行到波斯灣口，兩岸伴隨的是燈火璀璨的美麗夜景，同時可以享用到五星級式的自助餐，餐後並有現場表演。舞孃的身段曼妙，自得其樂在節奏的音樂中擺動全身，自得其樂又自娛娛人，傳統的中東肚皮舞真的很有特色。

臨別杜拜，飯店巴士在開往機場的路上，趙心之發覺這裡的道路又大又平，兩旁電燈照明十分明亮，大概是石油產地的緣故吧，市區內各種商業觀光設備十足，電力供應也是十分充裕。

第十七章　阿姆斯特丹

周岱螢和趙心之搭電車進入阿姆斯特丹的市中心，就會來到水壩廣場（Dam Square），周圍林立的商店和餐廳，提供遊客觀光、shopping 和用餐的最佳選擇。

也可以搭乘遊艇遨遊運河，兩岸磚造的維多利亞式民房小屋窗口都種植花卉，蕾絲紗質的窗簾很是美麗，其間也有些特殊造型和顏色的建築物。在晴空碧水間，穿過一座又一座的橋樑，是美好的旅行經驗。

博物館廣場（Museumplein）上有三大博物館：梵谷博物館、國立藝術博物館，現代藝術市立博物館，均有隨身導覽講解的設備（Audio Tour）出租。

梵谷美術館：收藏了許多梵谷的名畫，包括「向日葵」、「自畫像」等等，都有著鮮明豔麗的色彩，掩飾了梵谷悲慘煎熬的一生。另外還有展示同時代莫內、高更等其他印象派畫家的作品，有令人目不暇給的眾多美麗油畫。周岱螢和趙心之買了許多張名畫卡片，做為紀念，以後可以常常拿出來欣賞。

國立藝術博物館：收藏荷蘭頂尖藝術大師的傑作，林布蘭的夜巡圖、維米爾的名畫等等。

現代藝術市立博物館：收藏從印象主義到表現主義，從普普藝術到簡約派藝術的一千多項藝術作品。包括夏卡爾、畢卡索、莫內的名家作品。

蠟像館：陳列的蠟像包括世界著名的領袖、明星，以及藝術家等等，如當代美國總統柯林頓、瑪丹娜、麥可傑克森、荷蘭著名畫家林布蘭等，作品微妙微肖、栩栩如生。觀光客可以在館內與自己喜歡的名人蠟像照相。

紅燈區中的櫥窗女郎，是聞名的色情行業，匆匆走過，不敢多加逗留。

庫肯霍夫公園（Keukenhof Garden）有世界上最大的鬱金香花海，每年三四月間盛開，美得讓人驚喜。

木鞋工廠可以讓遊客參觀奇妙有趣的木鞋歷史，以及木鞋的製造過程。也可以選購精美可愛的荷蘭木鞋做紀念品。

Zaanse 區有風車、木鞋工廠、乳酪工廠、古董店等等，還可以供遊客換上荷蘭傳統的蓬裙裝和蕾絲邊頭巾拍照，有趣得緊。乳酪店裡的 cheese 種類之多，是東方人無法想像的。

周岱螢和趙心之跑出去玩得樂不思蜀，，錢玉薇和何康瑜卻只是逛逛阿姆斯特丹市中心區廣場 Dam Square 的鞋店買靴子，逛累了，找了露天咖啡座，點了 Cappucino 咖啡，好整以暇的享受歐洲優雅的廣場景觀和氣氛。

廣場地上由小方石塊築成，四周建築物很有中古歐洲的感覺，但是路上行人卻有許多青年頭頂各色染髮，皮衣牛仔褲的穿著，十分具有現代感。

「康瑜，最近還跟韓瑞奇在一起嗎？」錢玉薇問。

何康瑜說：「韓大哥正在申請轉地勤。」

「為什麼？那麼資深的空服員，都快升座艙長了。」錢玉薇說。

「我們這幾個月都好少一起飛，見面的時間很少，他都打電話到外站旅館房間給我，應該花了不少錢吧？上個月更慘，只在台北見了半天，他說他快發瘋了。」何康瑜幽幽訴說著。

錢玉薇說：「對呀，排班都是這樣，有時候常一起飛，有時候半年飛不到一班。都見不到妳，韓瑞奇要不發瘋才奇怪。康瑜，妳對他是怎麼想的？」

「我也不知道，我只是把他當大哥哥一般的好朋友。」何康瑜說。

錢玉薇搖搖頭說：「韓瑞奇可不這麼想，我看他想娶妳，都追妳追兩三年有了吧？」

「可是韓大哥離過婚又有一個小孩。」何康瑜皺眉。

錢玉薇說：「對，聽說他前妻是公司的日本小姐，以前在飛，現在在東京當地勤。」

「妳也知道？韓大哥說他們兩個以前都在飛，聚少離多，才會離婚的。」

靜默了一會兒，「康瑜，妳都沒交另外的男朋友？」

「有人約我，我都不喜歡。」何康瑜搖搖頭。

錢玉薇探問：「那妳喜歡韓瑞奇哪一點？」

「我只是習慣有他在身邊，什麼心事都可以告訴他，畢竟很熟了。」何康瑜說。錢玉薇說：「這不算是談戀愛？只是習慣了？」

「比較像是親情吧？很像是家人一樣的感覺。」何康瑜說：「不談我了，聊聊妳的婚禮吧。」

「王知行怕我囉嗦他，男人就怕女人嘮叨。」錢玉薇帶著笑意說：「他像個老和尚似的不問世事，拍婚紗照也是我、請喜酒也是我、找房子也是我一手搞定。」

「那王大哥沒有要求要佛教的婚禮儀式，就算很好講話了。」何康瑜開玩笑。

「佛教哪有婚禮儀式呀！」錢玉薇笑著說：「江東平放了張卡片在我的信箱裡，卡片裡寫著：祝福天下有情人終成眷屬，『精神健康，身體愉快！』」

錢玉薇從皮包裡拿出卡片給何康瑜看，兩人笑了一陣。

何康瑜說：「馬文萍的婚禮，我有去參加，是在喜來登大飯店，當天有好多貴賓，有 T 大校長、醫院院長、衛生福利部官員，反正是政商名流聚集，證婚人是部長。」

「馬文萍倒是嫁入豪門。」錢玉薇不以為然的說。

何康瑜繼續說：「馬文萍婚禮當天除了婚禮秘書和攝影師，還有化妝師跟一整天，她還買下兩套美金三千元的全新禮服，說是以後有機會可以穿。那首飾是閃閃發亮，都是黃金和鑽石，聽她說都是名牌。」

「哼，馬文萍倒是有那貴夫人、闊太太的命！」錢玉薇不以為然的說。

錢玉薇嘆了口氣說：「康瑜，像妳這麼美麗，但是女人怕纏！韓瑞奇不就追到妳了嗎？」

何康瑜幽幽的說：「我並不想嫁入豪門，但是我也沒有能力當後母。」

錢玉薇說：「妳很溫柔，又很善良，當後母沒問題的。」

何康瑜逃避的說：「將來的問題，將來再說吧。」

第十八章　巴黎

趙心之到公司上課複訓，巧遇久未碰面的張志明，他竟然還記得趙心之，於是兩人到餐廳喝咖啡聊聊。

張志明問：「趙心之，我記得妳說想當新聞記者的。」

趙心之笑笑說：「也許那是個夢想，不是個理想。」

張志明問：「怎麼說呢？」

趙心之低下頭說：「實力和機會都欠缺吧。」

「妳不再試試嗎？」張志明倒是挺關心的。

「再說吧。」趙心之問：「到前艙開飛機很有成就感吧？」

張志明說：「是管理飛機飛航作業，並不容易，要 K 很多英文手冊。」

趙心之說：「你算是達成自己的目標和理想了。」

張志明說：「我也有了女朋友，是公司地勤，不知怎麼的她找我聊了幾句，然後保持聯絡，我們就快要結婚了。除了工作以外，我有時設想自己結婚以後，要帶著老婆小孩到圖書館，各人讀各人喜歡的書，那是我想要的生活。」

趙心之聽了只是微微的笑著。

張志明又說：「趙心之，那妳呢？」

趙心之突然有感而發的說：「我覺得像你們這種社會菁英份子，有責任建立『富而好禮』的社會。以後等你當上 Captain，找些機師，我們來勸募成立機師慈善基金會，幫助貧窮小孩上學讀書，做些社會公益。」張志明一時之間不能體會，並沒有答腔。

錢玉薇趁著這趟飛巴黎，順便採購結婚和居家用品，這就是當空服員的好處，可以買到很多真的外國貨。她沒法帶趙心之去玩，但是碎碎唸得有夠囉嗦：「心之，趕快交個男朋友，不要一直養家，要做個好命女。」

趙心之想起了舊金山灣區的工程師，他在 e-mail 中謙稱自己文筆不好，要趙心之多寫給他，到美國一定要打電話給他。趙心之想問錢玉薇這個問題，卻又明白她的答案會是什麼，也許自己真的應該好好考慮，錯過這麼優秀的對象真的很可惜。

出了戴高樂機場，趙心之就發覺語言不通的困擾，因為真是完全聽不

懂法國人講話。所以第一天她只好先跟著錢玉薇去逛街採購，還答應說如果買到箱子裝不下，她可以幫忙裝在自己的箱子帶回台北。

巴黎人口二百多萬，地鐵名為 METRO，為大巴黎區主要交通工具。錢玉薇說：「巴黎地鐵已有百年歷史，但是維護的還不錯，搭乘也安全，不像紐約地鐵會有黑人破壞環境。」

凱旋門，在一圓型廣場上，原本是拿破崙輝煌歷史的表徵，門上所雕飾都是頌揚他的豐功偉業。後來為紀念戴高樂將軍改名為戴高樂廣場。趙心之覺得凱旋門真的很壯麗，雕刻的美極了，很有風格。

凱旋門所在的圓型廣場向外延伸出 12 條大道呈星星光芒放射狀，其中最主要的香榭麗舍大道，經過協和廣場，到巴斯底廣場為止。大道的兩旁是花都巴黎的重心，有一些別具風味的咖啡館、畫作展示場及電影院等。當然更吸引女士的是商店林立，領導世界流行時尚的名牌旗艦店，像 是 CHANEL、HERMES、DIOR、LV、NINA RICCI、CARTIER、YSL、CELINE、…。

錢玉薇看了又看、挑了又挑，說是柏金包得要預訂才行，兩三萬美金起跳的價格，不如買一對鑽錶，當做結婚紀念，還問趙心之的意見。

趙心之早就眼花撩亂，忽然蹦出一句：「王知行大哥不會戴鑽錶的啦。」

「是呀，我還是買自己的東西就好了，還可以到機場退稅。」錢玉薇說：「名牌時裝怕很快退流行，珠寶又太貴，想想還是買皮夾皮包，可是不保值，先買個鑽錶好了。想來想去還是算了，錢留著繳房貸好了」

趙心之吐了吐舌頭說：「歐元是吧，這些名牌都不打折的？」

「要去郊區的 Outlet 找一找，巴黎比較少，聽說義大利 Outlet 有很多名牌。」錢玉薇說：「平常看的女性時尚雜誌，裡面的模特兒身上名牌貨品的宣傳照好亮眼，一到巴黎逛街，就都可以找到。只是我們是賢妻良母型的，看看就好了。」

走著走著，林蔭大道上有部份仍保存英國花園式的林間小道，供行人散步，浪漫唯美；尤其露天咖啡座更是巴黎引人入勝的特色。

趙心之非要停下來喝咖啡，享受這種文雅的氣氛。她眼睛盯著一個又一個的法國美女，覺得真的是有型有款，打扮得大方美麗。

第十八章
巴黎

錢玉薇說：「法國女人和日本女人中年肥胖的情形比較少，妳看她們都很苗條，重點是很會打扮，洋裝、裙子和絲巾真的質料又好、顏色又好。我們等下去買一些法國貨，不是世界名牌，也非常值得。」

協和廣場，原先是歌頌法國國王路易十五的光榮，後來為了祈求和平的來臨，而改為「協和廣場」。東往羅浮宮看有小凱旋門、貝聿銘的金字塔，西向香榭麗舍大道則有大凱旋門。南北向則有馬德蘭教堂與國會相對峙。

趙心之對照著中英文旅遊指南，一個方向又一個方向的仔細查看，只覺得巴黎如此繽紛多采，建築物的歷史斐然成章、風格典雅華麗，可不是其他城市所能比擬的。
有個法國帥哥看見趙心之似乎迷路，走過來搭訕，是會講英語的，他以為趙心之是日本女孩。錢玉薇就在幾步路外，笑著看他們講話。
等法國帥哥留下電話號碼走開後，錢玉薇警告說：「心之，妳明天可別打電話給他，畢竟是陌生人。」

趙心之點點頭，跟在錢玉薇身旁，又進了百貨店採購。法國日用品設計感真好，檯燈、窗簾、布幔、餐墊、座墊、、、都很雅緻，女孩子的衣服也是物超所值，連髮飾都很漂亮。
錢玉薇買了 HERMES 絲巾和 LV 皮包，還有好幾袋的家居用品。趙心之覺得巴黎就是一個字，「雅」，無論是人或物，甚至是建築和廣場。

次日，錢玉薇仍然出門採買結婚居家用品，趙心之心裡很納悶：難道準備結婚，就要買這麼多東西嗎？那個馬文萍也是這樣大買特買，怎麼買都買不夠似的，更是花錢如流水的辦嫁妝。
趙心之只好自力救濟，就著旅遊指南開始一人遊巴黎的旅程。

據說在塞納河西岸，有巴黎高級上流的住宅區，遠眺背後的蒙馬特山頂上有聖心教堂，果然造型優美、典雅。塞納河南岸是大學區，充滿學術文化氣息，三三兩兩的年輕學子，隨意閒談人生哲理？或是溝通學術辯證？當然也有看起來正在呢呢喃喃談戀愛的。

橫跨塞納河南北兩岸的許多有名的橋中，以新橋、協和橋最為秀麗。趙心之漫步在塞納河畔，彷彿錯覺在電視廣告中？

巴黎聖母院是法國歌德式教堂經典之作，有許多雕刻皆與聖經有關，最上面則是南北鐘樓，其內各有一口鐘。五彩繽紛的玻璃窗，煞是美麗。

艾菲爾鐵塔，日間是造型獨特、巨大高昂的鐵塔，一到晚上，在燈光照射下玲瓏剔透，成為夜巴黎的奇景之一。

羅浮宮，前方有一由中國建築師貝聿銘所設計的透明金字塔，羅浮宮目前其藏品包括：古東方、古埃及、古希臘和羅馬文物；雕刻、繪畫、素描及工藝品等。
全球各國的遊客來到這世界三大博物館之一的羅浮宮博物館，最重要的是為了看「蒙娜麗莎的微笑」真品，可是絕不能在油畫前面拍照，據了解閃光燈的閃爍會影響油畫品質的保存。趙心之看了許多文藝復興時期的作品和印象派大師的油畫，連連讚嘆不已。

凡爾賽宮，十七世紀時路易十四，建造了這座世界最豪華的宮殿。有鐘廳、鏡廳、歷代帝后廳等，其富麗的裝飾，由天花板、牆壁、燈具、座椅、桌檯、花瓶、用品、壁爐。地毯，無不精美細緻、設計典雅，材料貴重，置身其間，可以領會帝王氣派大方的生活環境。凡爾賽宮的後花園，碧草如茵，花木扶疏、看得出很用心整理園藝，令人賞心悅目。

旅遊指南上寫著：龐畢度中心，由紅、青、綠等金屬管與玻璃組合而成，是美術、音樂、電影等所有現代藝術的綜合中心。還有著名的羅丹美術館，裡面有許多雕塑，還有羅丹和卡蜜兒的戀愛史。趙心之眼看時間不夠，趕不及進去參觀，心裡恨不得在巴黎一天有四十八小時。

趙心之不願錯過巴黎的夜生活，於是到紅磨坊夜總會，買了一張不用餐純觀賞的便宜票，觀賞康康舞，佈景富麗堂皇、燈光炫目極致。美女如雲，美腿如林，舞蹈精彩，令人目不暇給。

這天，趙心之從巴黎飛回來台北，在 E 航組員勤務中心碰到江東平在等她下班，他一定要請喝咖啡，兩人就到公司附近的星巴克咖啡。

「心之，有件事情跟妳說，妳可不要告訴別人。」江東平神秘兮兮的說。

「好，說吧。」趙心之滿口答應。

「妳絕不能告訴錢玉薇和馬文萍她們。」

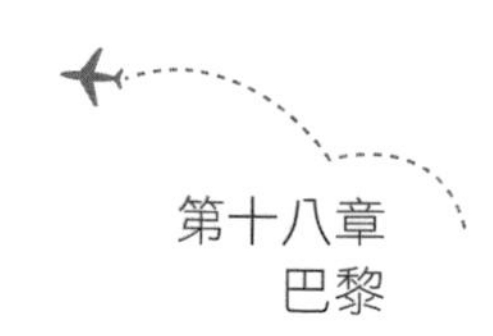

第十八章
巴黎

「好，我絕不告訴她們兩個。」

「因為她們太毒舌了，我怕受不了。」江東平說。

「你到底說還是不說？」趙心之逼問。

「妳和周岱螢是好朋友？」

「對呀！」

「我約她出來吃飯，她拒絕了，怎麼辦？」江東平不好意思的說。

趙心之忍住笑，說：「你為什麼要約岱螢？」

「我是覺得這個女孩子很不錯，想要多了解她。」江東平在掰。

「她是很文藝的人，作詞、攝影、畫畫、看電影、聽古典音樂。」趙心之說。

停了一會，江東平問：「她有沒有男朋友？」

趙心之故意抬頭動作誇張的一直用眼睛上下打量著江東平，可是就是不答腔。

「妳這個小黃毛丫頭！」江東平有點火了。

「你問這個要幹嘛？」趙心之忍住笑。

「快說有沒有嘛？」江東平不耐煩了。

「東哥，你平常都欺負我。」趙心之故意在鬧。

「什麼？我平常那麼照顧妳。」江東平火大了。

趙心之眨眨眼說：「我怎麼能告訴你！這是岱螢的秘密。」

江東平快要氣炸了，扔下一句話：「那算了。」，起身要走。

「別走，逗你的啦，據我所知是沒有啦。」趙心之說：「你想追她？」

「嗯，可是我怕向她告白再碰釘子。」江東平說出真心話。

「這個嘛，孫中山革命十次失敗。」趙心之終於忍不住笑了出來。

「問妳真是白問。」江東平沒輒。

「你可能要買些書來看，像是：西洋繪畫史啦，才能和岱螢有話題聊。」趙心之一本正經。

「唷，好吧，我去買書來讀。」江東平說。

「可是等你讀通，恐怕也要一年半載的，那是遠水救不了近火。」趙心之很關心。

「那怎麼辦？」江東平問。

「岱螢有認養兒福、家扶的貧困學童，你可以問她怎麼樣捐款給窮苦

的小孩？」趙心之提供意見：「還有，她下星期要去希臘自助旅行。」

「我來不及請下星期的特休假，又沒有簽證，不能陪她去希臘。」江東平說。

「我是說等她回台北，你去機場接機，我想她會感動的。時間點等我打聽好再告訴你。」趙心之說。

「那妳現在就打電話去問岱螢。」江東平急忙遞出自己的手機。

趙心之拿起手機打電話給周岱螢。

「岱螢，我趙心之。」

「妳也在台北？」周岱螢說。

「對，我想問妳什麼時候要去希臘自助旅行？」

「十五號，去十天。」

「幾號回來？搭哪一班機回台北？」趙心之問。

「二十四號搭 CU008 回來。」

「行程不會變？」

「不會，機位都訂好的。」周岱螢說。

「妳要多拍些照片回來唷。」

「好，那當然。旅行回台北，再拿給妳看。」

「祝妳旅途愉快！」趙心之說。

「謝謝！」

「那我掛電話囉，拜拜。」

趙心之笑著看江東平。

「怎麼樣？」江東平有些心急。

「岱螢二十四號搭 CU008 回來。」

「好，我去機場接她。」江東平滿懷期待說。

「那你要去找排班先生調出時間。」趙心之提醒他。

「對，我現在就去，拜拜。」江東平轉身就走。

周岱螢滿滿行囊的愉快回憶，搭 CU008 回到台北，走出海關，一路拉著行李到了機場大廳，突然覺得有人擋在她前面。

周岱螢抬頭一看是江東平，問說：「咦，你怎麼會在這兒？」

江東平說：「我是來接機的。」

「接誰？」周岱螢問。

「接妳，呆呆。」江東平拿起周岱螢的行李。

第十八章
巴黎

上了江東平的車，周岱螢不知說些什麼才好。

江東平倒是問了：「一個人自助旅行，好玩嗎？」

「希臘風景真是美極了！」周岱螢說。

江東平問道：「可是一個女孩子安全嗎？有男生找妳搭訕嗎？」

「我有注意安全，有時候是很想找人說說話，分享見聞和心得。」周岱螢說：「咦，你是怎麼知道我去自助旅行？」

江東平笑笑說：「也該有人管管妳了。」

第十九章　倫敦

韓瑞奇轉了地勤，在機場擔任餐點稽查人員，他工作努力表現，希望能升組長。若是何康瑜有班飛回台北，韓瑞奇時間配合得來，會在出關機場大廳等她，一起坐交通車回台北。韓瑞奇儘量找時間配合何康瑜在台北的時間，兩人可以相處多一些。

如果何康瑜不在台北，韓瑞奇下班就到精品店察看生意，回家後，陪陪年邁的父母，督促兒子讀書寫功課。

何康瑜過生日，韓瑞奇早早請好特休假，準備給她一個驚喜。韓瑞奇到花店買了九十九朵粉紅玫瑰，到何康瑜家門口接她出來吃飯。兩人在台北市東區一家知名小館用餐，韓瑞奇說：「康瑜，我愛妳，嫁給我吧。」

何康瑜猶豫的說：「可是我不會當後母。」

韓瑞奇說：「小孩子我會管教，他也比較大了，平常很乖巧懂事。妳只要做自己就好，妳可以做妳喜歡做的事。」

「好，我回家找個時間告訴我媽。」何康瑜有些感動的說。

第十九章
倫敦

鼓起勇氣，何康瑜告訴母親有關韓瑞奇的事，不料母親大發雷霆。

「離過婚！有孩子！這怎麼行？是個花花空少吧。」

「醫生好，媽幫妳準備相親，妳長得這麼美，一定沒問題。」

何康瑜的母親堅持不肯和韓瑞奇見面，也不肯收下他送的任何禮物。

甚且安排好相親，逼著何康瑜就範。

何康瑜去了相親飯局，對方是一名內科醫師，人很斯文客氣。過後次日，醫師有打電話來約何康瑜出去約會，母親替不在家的何康瑜一口答應。

在台北東區的星巴克咖啡，醫師和何康瑜有了第二次互動。

「何小姐，當空姐可以環遊世界，很好玩吧？」醫師問。

何康瑜點點頭，微笑著。

「妳最喜歡哪個國家？」醫師又問。

「日本吧，我最喜歡東京。」何康瑜說。

「我們醫院有機會派醫師到東京參加醫學研討會，我希望下次能去。」醫師說。

兩人談得還算可以，何康瑜也答應了下一次的約會。

何康瑜的母親在探聽對方對女兒相當滿意後，計劃著在年底讓兩人先訂婚，明年就結婚，於是告訴何康瑜不准再見韓瑞奇的面。

過了幾天，韓瑞奇來接何康瑜下班回家，兩人先到餐廳用餐，何康瑜卻堅持不餓，只點了飲料。

「韓大哥，我媽逼我和一個醫師相親、約會。」何康瑜說。

「妳的意思呢？」韓瑞奇痛苦的問。

「我媽媽是個很頑固的人，我沒辦法說服她，我們還是不要再見面了。」何康瑜低著頭說，不敢看韓瑞奇一眼。

「不，康瑜，我愛妳，請妳給我機會。」韓瑞奇近乎哀求。

「何必呢？我很為難。」何康瑜美麗的頸項似乎完全無力的垂下頭。

「那可以打電話給妳嗎？」韓瑞奇近乎哀求。

「不要，我們還是不要再聯絡了。」何康瑜眼中有淚光。

兩人中間有一種愁苦的靜默，「好，康瑜，我會等妳結婚才死心。」韓瑞奇痛苦的說。

過了不久，何康瑜這次在組員勤務中心遇到錢玉薇正在待命，於是兩人聊了一會兒。錢玉薇說自己和王知行就要結婚了，又說：「康瑜，

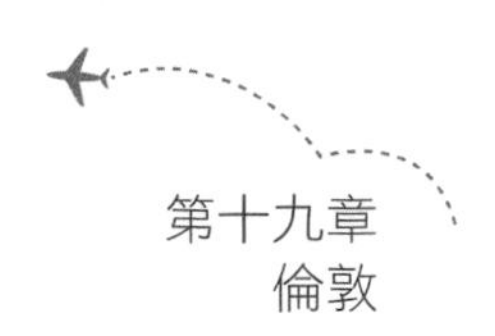

有件事不知道該不該告訴妳，唉！韓瑞奇最近常找江東平和王知行喝酒澆愁。」

何康瑜靜默著，不發一語。

錢玉薇說：「韓瑞奇頭髮白了好多，人也憔悴很多。」

何康瑜仍然靜默著，鼻頭一酸，眼中有淚水，努力的不讓它掉下來。

這趟飛倫敦，周岱螢和江東平幾乎沒看到何康瑜的半點笑容，到了旅館，他們邀她一起進城到市中心逛逛，何康瑜只是說：「你們去玩吧，我想看點書，明天再去逛街。」

周岱螢到歐洲簡直精力旺盛，興奮極了，這趟和江東平同飛倫敦，卻都是她在帶路，想玩個盡興。

正值深秋季節，因為這時候是淡季，歐洲的機位、交通和旅館比較不那麼擁擠，是年輕人自助旅行的好時機。倫敦的地鐵延伸至國際機場，四通八達，很是方便。在歐盟各國也是可以搭大眾運輸工具來旅遊，交通便利，壯遊真的是很值得的人生經歷。

深秋倫敦的天氣陰沉、寒涼，偶而還飄著細雨，但都掩蓋不了倫敦豐富的人文景觀和都會魅力。

大英博物館（British Museum），館內的收藏品非常豐富，遍及埃及、希臘、羅馬、西亞、中國等地，而文藝復興時期到近代的文物都有。美術品眾多，油畫名畫也不少，大幅整個牆面的巨畫讓人震憾。周岱螢對欣賞的油畫駐足良久，江東平還是停留在有看沒有懂的境界，但他覺得能陪著她看畫就是一種文雅。

市中心廣場是倫敦政府機關和商業人文的交會點，國會大廈、百貨公司、新市政廳、環形劇場、千禧橋，一路走到倫敦眼，是世界上最大的觀景摩天輪。

聖詹姆士公園（St. James' s Park）與林蔭大道平行相隔，安詳寧靜，有草有樹，有花有鳥，漫步其間，十分優雅。湖面上可見野鴨優游，南端鳥類群聚，也因而被稱為鳥籠步道。

塔橋（Tower Bridge），已有百餘年歷史，有 2 座巨大的橋墩，上面有

如童話故事般的城堡尖塔造型，另外還有藍白色的懸索。塔橋是泰晤士河上顯眼的地標，也是英國明信片上極富盛名的的景觀。

大鵬鐘（Big Ben），也有人喜歡戲稱為「大笨鐘」，造型獨特，值得欣賞。江東平搭著周岱螢的肩，用手機拍照留念，照不到全景，還是請別人幫忙拍照。

周岱螢說：「前英國首相邱吉爾是大家公認的幽默大師，初入政壇時，對手故意挑釁問他對於「我們都是蟲的看法」，他回答：「我們全都是蟲沒錯，但我真的覺得我是螢火蟲。」
江東平笑了起來，只說：「真幽默。」

白金漢宮（Buckingham Palace），聽說只要抬頭看看皇宮正門上方，若懸掛著皇室旗幟，表示英國女王正在裡面，如果沒有的話，代表女王外出。身著黑絨高帽與深紅上衣、黑色長褲、皇家制服的白金漢宮禁衛軍，英挺帥氣，幾乎已成為英國的傳統象徵之一。白金漢宮前廣場上，有著金色天使，醒目的維多利亞女王紀念碑。周岱螢一定要和御林軍合照，身高相差很多，江東平拍好照片，還直嚷著自己在吃醋了，周岱螢懶得理他。

海德公園（Hyde Park），優雅寧靜，漫步其間，覺得人都洗去塵埃，煥然一新。據說全世界最有錢的人很多都會在海德公園旁的高級住宅區購屋定居，一戶幾千萬英鎊的也有，據說是創豪宅的天價。

蘇活區（Soho）是娛樂夜生活的重鎮，遍佈戲院、酒吧和夜總會。

倫敦眼（The London Eye），或又稱為千禧之輪（Millennium Wheel）是世界上首座觀景摩天輪，豎立於倫敦泰晤士河南畔的蘭貝斯區，面向坐擁國會大樓與大笨鐘的西敏市。

周岱螢和江東平連著兩天晚上都去欣賞歌劇，一場只買到了最便宜的票，在最高最遠的後座，另一場則買到比較好的座位。可見倫敦民眾十分捧場劇場藝術，沒有預訂就很難很難買到票。

一部是「悲慘世界」，舞台佈景工程浩大，演員眾多表演逼真，歌聲嘹亮富有感情。另一部是「西貢小姐」，表演得有情有趣。

英國觀眾都在開場前十分鐘就已經入場完畢，秩序井然，安靜的就座等待開演，很具有素養。

周岱螢心想台北的國家戲劇院和國父紀念館的舞台還不夠寬廣，設備也不足，像「悲慘世界」這種大型歌劇，恐怕不容易全形登場。小巨蛋上演過「歌劇魅影」，可惜時間兜不攏去看。

倫敦真的是世界級的大都會，充滿歷史、文化及藝術，舉步皆是景點，走了兩三天的路，仍然興奮的流連忘返。

何康瑜不想跟著周岱螢和江東平出門遊玩，以免觸景傷情，卻只覺得自己更是形單影隻，她仔細咀嚼離開韓瑞奇以後生活中的苦澀，久久竟潸然淚下。
有時何康瑜在外站飯店裡一覺睡醒，竟想不起自己身在何處，心裡只覺得慌張、寂寞又空虛，她多希望能接到韓瑞奇的問安電話。

時差也讓她困擾，睡眠品質一直不好，不喜歡運動的她體力不濟，在飛機上打工有時很吃力。如果有韓瑞奇陪在她身旁，她可以多多散步，也可以睡的安心。

又有次何康瑜在飛機上突然被客人襲擊胸部一下，她愣了好一會兒，連那位可惡客人是誰，都沒看清楚。她心裡只想到要向韓瑞奇訴苦，可是能回到從前嗎？

何康瑜個性柔弱、文靜內向，又多愁善感，大學讀的還是中文系。她心事不說出來，似乎自己也排解不了苦悶的情緒。她不能適應獨立的生活，多希望有人噓寒問暖，原來她已然習慣依賴韓瑞奇？

跟母親、跟那個醫師都只能報喜不報憂，講這些心煩的事不好啟齒，又碰不到錢玉薇或趙心之聊聊，誰會有耐心陪著她講話、逛街、看書、看電影呢？

那個醫師很忙，要值班、要開刀、要門診，何康瑜其實和他不常約會，見了面也不能吐苦水。他倒是很抱歉自己不能多陪陪何康瑜，但是工作太忙了。

何康瑜有時想想：也許結了婚，不當空勤了，就比較少煩惱吧？也許

還是形單影隻的時候居多？

終於等到要飛回台北，機組員到了倫敦希斯洛機場（Heathrow Airport），何康瑜緊緊跟隨著周岱螢和江東平，怕自己萬一恍神跟丟了，因為這個機場大得不得了，一排排的航空公司櫃檯，起起落落的飛航班次，要找一找才能登上自己正確的班機。

何康瑜一路上又想著這次回台北會在機場看到韓瑞奇嗎？分手以來，有幾次飛回台北下班時，韓瑞奇等在機場大廳看著她，隔得有些遠，但她知道那是韓瑞奇的身影，心就悸動了好幾下。

第二十章　情存一念悟

這天，王知行和錢玉薇的婚宴上，何康瑜和趙心之坐在一起，韓瑞奇走進來看了看，坐在較遠，隔了好幾桌。江東平原本在當招待，卻跑來陪韓瑞奇，看著他一杯有一杯的喝著酒。

才上了第一道拼盤沒多久，江東平來向趙心之打招呼說：「韓瑞奇喝醉了，我先送他回家，心之，妳幫我和新郎新娘說一聲。」說罷，走回去攙扶韓瑞奇起身。

「我去看看。」何康瑜突然這麼說，起身。

「哎，你們都走了。」趙心之說著，抬頭卻看見何康瑜掉了眼淚。

江東平和何康瑜扶著韓瑞奇上了計程車，一到他家門口，韓瑞奇就在蹲在馬路旁邊吐了，頭昏腦脹，滿臉通紅，他抓著何康瑜的手說：「康瑜，我好想妳。」

看著韓瑞奇半白的頭髮和痛苦的眼神，何康瑜淚流滿面，轉身走了。

何康瑜回家後，一夜不能成眠，第二天早晨，她只好打電話到公司請

假。她望著鏡中的自己，眼皮泡腫，臉色蒼白，手拄著頭沉思半晌。

何康瑜撥了電話給韓瑞奇，他還沒起床。

「韓大哥。」

「康瑜，是妳。」韓瑞奇有些驚訝。

「我們出去走走。」何康瑜說。

「好，妳在家等我，我馬上來接妳。」韓瑞奇說。

韓瑞奇正好今天輪休，不必上班，迅速梳洗換裝，他看看鏡子，自言自語：「頭髮怎麼白了這麼多，來不及染了。」

韓瑞奇開車到何康瑜家門口接了她，就往陽明山上開，找了個地方停下來後，兩人下車看風景。「康瑜，最近好嗎？」

「你不要再喝酒了。」何康瑜說。

「沒有喝。」韓瑞奇隨口否認。

一陣靜默，兩人都不知道說什麼好。

「那個醫師對妳好嗎？」韓瑞奇問。

何康瑜沒有回答。

「準備什麼時候結婚？」韓瑞奇又問。

何康瑜不理他、不答話。

隔了許久，韓瑞奇說：「康瑜，我覺得自己老了。」

何康瑜抬頭看看他，還是沒有講話。

一直到夕陽西沉，韓瑞奇說：「康瑜，餓了嗎，去吃飯好嗎？」

何康瑜突然覺得鼻子一酸，眼淚盈眶。

韓瑞奇低下頭看看何康瑜的臉，發現她淚眼婆娑，白皙的臉上有兩道淚痕。

「康瑜，是那個醫師欺負妳嗎？」韓瑞奇心疼的問。

何康瑜搖搖頭。

「那妳為什麼哭呢？」韓瑞奇又問：「告訴我，妳有什麼委屈？」

何康瑜沒有回答。

「是飛得不愉快嗎？」韓瑞奇一直問。

「我不想飛了。」何康瑜說。

「是現在就不飛，還是結婚以後再不飛？」韓瑞奇問。

「我不會跟那個醫師結婚。」何康瑜終於說出心裡的話。

韓瑞奇一聽愣住了許久，他伸出手環抱住何康瑜。

「我們去選個婚戒，公證結婚。」韓瑞奇居然馬上求婚，不能再讓她

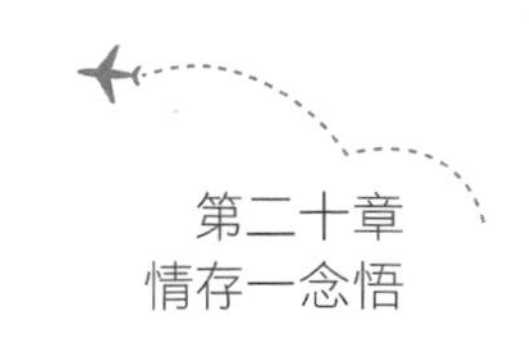

溜走了。

韓瑞奇開車下山，直奔市區，在一家高級百貨公司停車。他帶著何康瑜到名牌首飾專櫃買鑽戒，何康瑜挑了又挑，韓瑞奇只在旁邊耐心的看著她，當她好幾次戴上一枚設計典雅的鑽戒時，韓瑞奇說：「就買這個吧。」

「可是太貴了。」何康瑜說。

「沒關係的。」韓瑞奇說，拿出白金信用卡，刷了三十萬元新台幣。

韓瑞奇帶著何康瑜到百貨公司樓上日本料理餐廳用餐。

「康瑜，妳想當空勤、轉地勤、顧精品店、或是當老師都可以，隨妳高興。」，韓瑞奇喃喃訴說：「我覺得我好幸福。」

不久某天，何康瑜告訴母親說臨時抓飛長班，就拎著大旅行箱出門。韓瑞奇早已在幾公尺外的馬路邊等她，幫她打開車門、放好行李，一起回韓家。

韓瑞奇的父母和小男孩都在家，韓爸說：「康瑜呀，累不累？」

韓媽拉著何康瑜的手說：「康瑜，真的很漂亮，無怪咱瑞奇中意，跟我們說了很多次。」

小男孩鞠躬說：「阿姨好，阿姨好漂亮。」

韓瑞奇讓出自己的房間，替她放好箱子，韓瑞奇抱住何康瑜吻她。

「我想洗澡、睡覺了。」何康瑜低聲說。

「好，我坐在椅子上陪妳，等妳洗澡、睡覺。」韓瑞奇戀戀不捨的放手。

「沒有關係，你也去睡吧。」何康瑜說。

韓瑞奇仍然坐著等她洗澡出來、睡了，才抱著枕頭毯子去睡書房。

次日早上在法院公證結婚時，江東平、王知行、錢玉薇和趙心之都到了，就是周岱螢有班、飛出去了。

韓瑞奇父母也到了，老人家笑嘻嘻的。韓瑞奇穿著新西裝，打著名牌領帶，笑得合不攏嘴；何康瑜穿一襲粉紅色小禮服，豔光四射。

江東平替老人家、新人倆拍了許多相片，也替王知行和錢玉薇拍了合照。

公證結婚儀式結束，中午大家在大飯店用餐，韓瑞奇已訂了房間當作新房。用餐完畢，韓瑞奇父母就先回家了，江東平卻開始吵著要鬧洞房，還說非鬧不可，韓瑞奇趕緊推了下王知行求救。

第二十章
情存一念悟

王知行慈悲心腸，開口說：「我和玉薇要去看電影。」

趙心之傻不楞楞說：「我要回家看書。」

江東平見沒有人支持他，恨恨的說：「你們這些人，哼，不會鬧洞房，只會放水。」

「放心，你的婚禮，我們一定會鬧洞房的。」錢玉薇說。

「好吧，那，我就祝福新人『精神健康、身體愉快！』」江東平不甘心的說。

大家笑了笑，揮揮手四散。

韓瑞奇和何康瑜進了房間。

「累不累？換個衣服休息。」韓瑞奇說。

何康瑜沐浴更衣，換韓瑞奇迅速洗了個戰鬥澡。

「康瑜，結婚太匆促，委屈妳了，以後再多買些禮物給妳。」

韓瑞奇低頭吻了何康瑜，並細心的脫去她的衣服。韓瑞奇深深的吻了唇、何康瑜只覺得酥癢難耐，癱軟在床上，韓瑞奇輕輕蓋在何康瑜的身上。

「我的小妻子，我的小寶貝，」韓瑞奇吻吻何康瑜的臉頰：「等妳準備好要懷孕的時候，我們再生小孩。」

「你已經有孩子了，我不想生。」何康瑜突然這麼說。

「是嗎？也好，我可以專心的、好好的照顧妳一輩子。」韓瑞奇笑笑說。

「我會學著去孝順你的父母。」何康瑜很誠懇的說。

韓瑞奇感動了：「我就知道妳很孝順，又很善良。康瑜，我真的很幸福。」

這天放假，趙心之翻翻大學時修過的心理學書籍，其中有「馬斯洛的人格理論：人的五個需求層次：生理的需求、安全的需求、愛與歸屬的需求、尊重的需求和自我實現。」

趙心之想想自己家庭生活仍然貧困，要轉業的勇氣缺缺，再說考新聞研究所也沒考上，電視台和報社都鎩羽而歸，只考上一家廣播電台的新聞記者，可是母親反對，竟回絕了電話通知。

趙心之再想想自我實現並不是名利雙收，而是心靈的成長，像王知行的修養、周岱螢的內涵，尤其難能可貴對社會弱勢的愛心。

電話響起，原來是王知行、錢玉薇邀請江東平、周岱螢和趙心之到家裡坐坐。新居果然佈置得十分雅緻，還有一間禪房，是專門做早晚課

唸經用的。

大家泡茶閒聊，江東平問：「心之，最近又在胡思亂想什麼？」

趙心之說：「最近又看看心理學大師馬斯洛的理論，有：生理、安全、歸屬、尊重以及自我實現等五大需求，而自我實現就是做自己喜歡的事。」

王之行說：「自我實現不只是做自己喜歡的事，而是重視心理健康、生產力更高，也更容易發揮潛能與創造力，達成自我實現，亦即馬斯洛需求層級的最高目標。」

趙心之說：「那麼我應該喜歡自己所做的工作才是？」

「其實現代企業管理中多注重員工的人性面，就愈接近心靈的本質和生命的意義。開明管理是除了金錢報酬以外的人性關懷方式，就是讓工作本身的精神價值能給予個人心理需求的滿足。進而產生團隊精神，以造福企業和社會，放大來看，也是一種提升公民素質的民主思想。」王之行解釋說。

趙心之問：「我老是覺得服務業沒什麼精神價值？」

王之行說：「服務業是現代社會重要的產業之一，甚至於工商社會中，大部份的行業都是為了消費者市場，也可以說都是服務業。」

趙心之問：「可是我很羨慕那些能夠自我實現的人。」

「不要急，慢慢來，先自我充實和自我成長。」王之行勸導，有幾分像是開釋。

周岱螢說：「我還是學大眾傳播的呢，可是現在看看台灣的電視台、新聞台播的新聞，大部份都是迎合市場導向、通俗品味，有些腥羶、聳動的過份，跟書本上的傳播責任理論是相差十萬八千里。」

周岱螢搖搖頭又說：「你們看有線電視台記者拍攝黑道恐嚇光碟這件事，小記者天天被逼著要獨家，出了事就被免職，高層長官只會推托說事先沒看過。」

王知行說：「國家通訊傳播委員會 NCC 在廣電相關法規的適用上也是很多爭議，其他電視台爭相播放，根本不談是否違反公共秩序和善良風俗。」

江東平消遣說:「心之，肉眼小小，心眼卻不小。想當名記者、名主播。」

「只是想更加了解國事和社會而已，岱螢不是也很關懷弱勢。」趙心之抗議。

江東平說：「半杯水不要只看那空的一半，可以看那有水的一半。妳不覺得當空服員環遊世界也是一種心靈收穫。」

周岱螢說：「文化大師余秋雨在演講中曾經提到，生命中，因為災難或種種原因，讓我們失去許多美好的東西，包括青春。而能夠補償的，在他的經驗裡只有旅行和閱讀。」

趙心之不好意思笑笑。

江東平說:「你們看最近兩架馬航失事，空難一下子奪走兩百多條人命，死都不知道怎麼死的。」

錢玉薇就說了：「人生無常，要常保赤子之心、喜樂之心。」

江東平說：「心之，年紀也不小了，該交男朋友了，再讀書讀下去，就嫁不出去了。」

「叫岱螢管管你吧。」趙心之轉移話題。

江東平聳了聳肩：「沒錯，我可是妻管嚴、怕老婆的。」

「那王大哥呢？」趙心之笑問。

王知行說：「我們家大事歸我管，小事歸玉薇管。」

江東平捉狹說：「可是就是沒什麼大事，除了唸經以外。」

錢玉薇說：「馬文萍在 LA 豪宅請了鐘點計酬的佣人，她現在過著貴婦般的生活。」

「馬文萍真可以出書了，一本專門教女孩子嫁入豪門的書，肯定是暢銷書。」江東平做個鬼臉，打趣說：「我等著看看心之嫁不嫁得出去。」

周岱螢笑笑說：「在別的職場上是不太可能有這種像兄弟姐妹般的同事之情。」

E 航被評比為全球十大最安全航空公司之一，而卡通彩繪機更榮獲英國最佳「機身彩繪設計」大獎，深獲歐洲設計界之認同與重視，簡直是台灣之光。E 航再度蟬連【國際航線理想品牌第一名】，積極投入社會公益慈善活動是身為「企業公民」之責。歷年來所做的不只是為了宣傳企業形象而已，希望為台灣下一代奉獻心力，更是考驗著 E 航的使命感。

趙心之發了 e-mail 給工程師，飛到了舊金山，工程師已等在旅館大廳

等她，他們開車到加州大學柏克萊分校走走，校園很美麗，學子很清新。

工程師說：「最近我有在打高爾夫，是灣區的慈濟企業家組隊聯誼。」

趙心之說：「我最近才開始讀慈濟月刊，他們真的很關懷弱勢。」

工程師說：「我知道妳喜歡做公益，在舊金山也有慈濟可以參加。」

趙心之點頭微笑不語。

隔了好一會兒，工程師又說：「我下個月回台北探親，找一天到我家，讓我媽媽看看妳。我媽很好的人，是慈濟會員。」

趙心之略帶驚訝的說：「天哪，我們還沒開始呢？」

工程師笑笑說：「我不會談戀愛。」

「我也不會呀。」趙心之有些撒嬌吧？

兩人都感到幸福的腳步似乎近了。

空姐的愛情故事

國家圖書館出版品預行編目資料

空姐的愛情故事／電電 著
-- 新北市：集夢坊，民103.09
面； 公分
ISBN 978-986-90110-6-8（平裝）

857.7 103015361

出版者●集夢坊
作者●電電
印行者●華文聯合出版平台
出版總監●歐綾纖
副總編輯●陳雅貞
責任編輯●蔡秋萍
封面繪圖●Mosiic
美術設計●陳君鳳
排版●陳曉觀

台灣出版中心●新北市中和區中山路2段366巷10號10樓
電話●(02)2248-7896 傳真●(02)2248-7758
ISBN●978-986-90110-6-8
出版日期●2014年9月初版

郵撥帳號●50017206采舍國際有限公司（郵撥購買，請另付一成郵資）
全球華文國際市場總代理●采舍國際 www.silkbook.com
地址●新北市中和區中山路2段366巷10號3樓
電話●(02)8245-8786 傳真●(02)8245-8718

全系列書系永久陳列展示中心
新絲路書店●新北市中和區中山路2段366巷10號10樓 電話●(02)8245-9896
新絲路網路書店●www.silkbook.com
華文網網路書店●www.book4u.com.tw

本書係透過全球華文聯合出版平台（www.book4u.com.tw）印行，並委由采舍國際有限公司（www.silkbook.com）總經銷。採減碳印製流程並使用優質中性紙（Acid & Alkali Free）與環保油墨印刷，通過碳足跡認證。